여우의

빛

여우의 빛

이동욱 소설

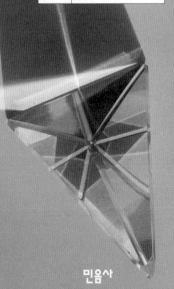

민음사

차례

여우의 빛

절망의 순도에 대해 생각하는 밤이다.

이것은 증류수처럼 고요한 시간의 기록이다.

그 속에서 나는 물방울처럼 웅크린다.

나는 킬러다. 내 시력은 이제 얼마 남지 않았다.
모니터를 바라보며 의사가 내게 던진 말이다. 방아
쇠를 당길 때마다 나는 절망의 활자를 표적에 찍
는다. 표적들은 하나같이 차갑게 무너진다. 하지만
그들은 나를 모른다. 그녀는 수족관을 좋아한다고
했다. 그리고 그녀는 내 진심을 알 것이다.

표적에 집중해 있는 망원경. 그 안에서 나는 숨을 멈춘다. 오랫동안 숨을 멈추고 있으면 모든 사물이 파랗게 보인다. 파란색은 위험하다. 그녀는 파란색이다. 총알을 감싸쥘 때마다 생각한다. 총알은 나의 심장처럼 차갑다.

빌딩 옥상으로 통하는 계단을 오른다. 계단은 놀랍도록 규칙적이다. 표면에는 마블링 무늬가 녹아 있다. 발을 디딜 때마다 구두 굽이 만들어 내는 발소리가 좁은 통로에 울린다. 이 소리들은 계단에 녹아 있다가 내 구두가 닿을 때마다 밖으로 깨어나는 것 같다. 깨어난 소리들은 밖으로 빠져나가지 못하고 고스란히 내 몸으로 녹아든다. 발소리를 따라, 가장자리부터 얼굴이 굳어진다. 나는 걸음을 멈춘다. 웅덩이에 고인 물이 마르듯 표정이 사라지는 걸 느낀다. 발소리의 반향이 사라진다. 모두 제자리로 돌아간다.

계단이 끝나는 곳에 작은 철문이 있다. 허리를 숙여 메고 있던 가방을 내려놓는다. 철문은 굵은 자물쇠를 물고 있다. 나는 무릎을 굽혀 그 자물쇠와 마주한다.

이 빌딩은 주변에서 가장 높은 건물이다. 옥상

에는 대형 에어컨 실외기와 커다란 물탱크가 있다. 물탱크는 노랗고 거대한 무당벌레처럼 보인다. 나는 입김을 불어 손가락을 하나씩 녹인다. 가방의 지퍼를 열어 라이플의 부품들을 결합한다. 실외기가 작동한다. 덕분에 나는 그 소음에 묻힌다. 옥상 가장자리에 라이플을 얹어 놓고 거리를 내려다본다. 퇴근 시간이 지난 거리는 한산하다. 오늘은 올겨울 들어 가장 낮은 온도를 기록했다고 한다. 밤하늘 위로 스케이트 날 같은 바람이 미끄러진다. 바람이 스친 자리마다 별이 고인다.

옥상에서 별을 볼 때마다 누군가 우주 한가운데서 울부짖고 있다. 주파수의 영역 밖에서 타오르는 목소리 같은 것을 나는 느낀다. 구름이 비켜나자 달빛이 환하게 쏟아진다. 나는 그 빛에 노출된다. 라이플의 총구에 달빛이 위태롭게 매달려 있다. 나는 스코프를 떼어 내 눈 위로 가져간다.

달의 표면에는 실패한 감정이 무수한 탄착흔처럼 쌓여 있다. 진정한 공포는 스코프 밖에 있다. 원 밖에 있는 것들은 모두 생의 외곽이다.

며칠 전 나는 이곳에서 L을 처리하기로 되어 있

었다. 하지만 나는 실패했고 실패한 킬러에게 남은 것은 없었다. 연락책은 일단 피해 있으라는 말을 남기고 소식을 끊었다. 이 세계에서 적과 친구는 아무 의미가 없다. 오직 목표와 단계가 있을 뿐이다. 나는 그 단계였고 실패한 단계는 얼마든지 교체가 가능하다는 것을 안다.

며칠 후 연락책은 내게 은퇴를 강요했다. 그는 내가 저지른 실수를 만회해야 한다는 조건을 붙였다. 그 말을 마지막으로 전화를 끊었다. 조직에선 이미 나와 L의 관계를 알고 있었다. 나는 창가로 가 암막 커튼을 쳤다. 그 조건은 아무 의미가 없었다. 크림슨 색 커튼 아래로 빛이 스며들었다. 망설임 없이 나는 그 안으로 구두를 밀어 넣었다.

반대편 건물 밑으로 또다시 한 무리의 사람들이 지나간다. 그가 다시 이 거리에 나타날 확률은 희박하다. 눈의 초점이 다시 희미해진다. 곧이어 바늘로 눈알 뒤쪽을 찌르는 듯한 통증이 한차례 지나간다. 의사는 눈을 비벼서는 안 된다고 했다. 눈을 감은 채 코트 안쪽을 더듬거리며 약병을 찾는다. 내 시력이 점점 떨어진다는 것을 아직 아무도 모른다. 그를 놓친 것은 내 첫 실수였다. 하지만 나는 아직도 그를 왜 죽이지 못했는지 알 수 없다.

킬러에게 저격할 장소는 일회용 성소와 같다. 우리는 유령처럼 그곳에 존재해야 하며 어떤 흔적도 남겨서는 안 된다. 그리고 무엇보다 다시 그곳을 찾아서는 안 된다. 나는 자리에서 일어나 바짓단에 묻은 먼지를 턴다. 라이플을 분해한 뒤 케이스에 담는다. 도시의 수많은 빌딩과 자동차, 가로등. 도시의 불빛은 움직이는 것과 그렇지 않은 것뿐이다. 그 사이에 의도치 않은 침묵이 있다. 견고한 육면체의 공간. 불안과 고독이 표면에 더께를 더해 가는 작은 방. 그는 그곳에 있을 것이다.

비상계단을 통해 가로등 없는 골목길로 접어든다. 군데군데 물웅덩이가 고여 있다. 표면으로 빌딩의 네모난 창들이 비친다. 골목길을 빠져나오기 전 나는 잠시 뒤를 돌아본다. 나는 이 빌딩 옥상에서 그를 죽이기로 되어 있었다. 하지만 나는 실패했고 이곳은 나에게 아무 의미가 없다. 밟고 지나온 물웅덩이가 잠시 일렁이더니 다시 빌딩을 비춘다. 그 안에 불을 밝힌 수많은 창들. 그중 한 곳에 불이 꺼진다.

그녀의 목덜미에는 물고기가 산다.

내가 그것을 발견한 것은 돌아누운 그녀의 목덜미에서 긴 머리카락이 흘러내릴 때였다. 머리카락 사이로 보이는 물고기는 수초 속에 몸을 숨긴 모습이었다. 정교한 솜씨였다. 물고기 이름이 궁금했지만 그녀를 깨우기 싫었다. 나는 그녀의 목덜미에 입술을 댄 채 손을 뻗어 그녀의 가슴을 만졌다. 밀도 높은 물속에 손을 집어넣은 것 같았다. 그녀가 잠시 몸을 뒤척였다. 우리는 수족관 바닥에 가라앉은 두 마리 물고기처럼 서로를 안았다.

그녀를 처음 집까지 데려다주던 날이었다. 그녀는 고층 아파트에 살고 있었다. 아는 언니가 외국에 가 있는 동안 잠시 살고 있는 것이라 했다. 나는 높은 곳을 좋아한다고 했다. 복도에서 몇 명의 사람을 마주쳤지만 그녀는 아무에게도 인사하지 않았다. 열쇠가 잘 맞지 않는지 그녀가 문 앞에서 잠시 머뭇거렸다.

복도에 불이 꺼졌다.

나는 그녀를 위해 몸을 조금 움직여 주었다.

다시 불이 켜졌다.

"……왜요?"

그녀가 물었다.

"불을 좀 밝히려고."

공중에 한 손을 든 채 내가 말했다. 그녀는 오랫동안 나를 응시하고 있었다. 눈동자가 흔들리는 것은 불안 때문이다. 불안은 실수를 낳는다. 나는 먼저 고개를 돌렸다. 다시 불이 꺼졌다. 그녀는 대답하지 않았다.

우리는 어둠 속에서 한동안 움직이지 않았다. 살과 섞인 화장품 냄새가 났다. 들이쉰 숨 안에서 생각했다. 좋은 기억을 불러일으키는 냄새다. 내게 그런 기억이 있었던가.

"……잠깐 들어왔다 갈래요?"

그녀가 말했다.

나는 대답하지 않았다.

복도에 불이 꺼졌다.

그날부터 우리는 만났다.

킬러에겐 희망이 필요하다. L이 내게 해 준 말이다. 그는 코트 안주머니에서 담배 한 개비를 꺼낸 뒤 필터 부분을 탁자 위로 톡톡 치면서 말을 이었다.

"심각하게 생각할 거 없어. 남들이 하는 건 다

하고 살아야지."

그는 코에 힘을 주어 주름을 만들더니 푸른빛이
도는 입술 끝으로 담배를 물었다. 그러고는 창밖으
로 턱을 돌렸다. 나는 테이블 옆을 지나가는 종업
원에게 리필을 부탁했다. 그녀는 주문을 잊지 않으
려 입 모양으로 커피의 이름을 외우면서 내 잔을
가져갔다. 그녀가 몸을 숙일 때 체크무늬 에이프런
이 접히며 바스락 소리를 냈다. 나는 가볍게 고개
를 끄덕였다. 그는 한 손으로 일회용 라이터 돌을
굴리고 있었다. 찰칵. 찰칵. 엄지에서 작은 불꽃이
튈 뿐, 불은 붙지 않았다. 나는 바지 주머니에서 지
포 라이터를 꺼내 건네주었다.

"선물받은 건가?"

그가 웃으며 말했다.

나는 대답하지 않았다.

말을 마친 그는 한 손으로 지포 라이터 뚜껑을
열었다 닫았다. 옅은 기름 냄새가 풍겼다. 그가 오
른손 엄지와 검지를 코끝에 대고 짧게 숨을 빨아
들였다.

생일 선물이라고 했다. 그녀가 내민 상자 안에는
은색 지포 라이터가 들어 있었다. 커피를 내오던

주인이 그녀에게 짧은 안부 인사를 건넸다. 우리는 3개월이 넘도록 만났다. 3개월 전에는 예상치 못한 일이었다. 그녀가 생일을 물었을 때 내가 대답한 날짜는 아무 의미 없는 숫자였다. 나는 커피를 한 모금 마시고 답례 차원에서 그녀의 생일을 물었다. 그녀는 대답했고, 나는 곧 잊었다.

그는 담배에 불을 붙이고는 고개를 뒤로 젖힌 채 연기를 뿜었다. 연기는 대부분 천장까지 닿지 못하고 사라졌다. 그는 조직에서 내게 소개해 준 일종의 '멘토'였다. 경험에 따른 노하우는 그가 나보다 훨씬 풍부했다. 그리고 실제로 그에게 결정적인 도움을 받아 해결한 일도 여럿 있었다. 그는 두 번째 담배에 불을 붙이고 짧게 한 모금을 빨았다.

출입문이 열리면서 달려 있던 작은 종이 흔들렸다. 한 사람이 들어오고 잠시 후 두 사람이 되어 나갔다. 커피숍에는 손님이 별로 없었다. 그는 안경을 벗어 한쪽 손에 들고는 다른 손으로 눈을 비볐다. 그리고 말했다.

"자네, 오로라를 본 적 있나?"

그의 꿈은 오로라를 눈으로 직접 보는 거라고 했다. 안주머니에서 사진 한 장을 꺼내 내밀었다.

사진에는 편협해 보이는 침엽수림이 성냥개비처럼
모여 있었고 그 위를 어떤 무늬가 지나가고 있었
다. 오로라를 보기는 처음이었다. 무늬는 초록색.
사진의 오른쪽 하단부에는 날짜가 찍혀 있었다. 누
군가 직접 찍은 것이다. 나는 사진의 출처를 묻지
않았다. 손끝으로 사진 속 무늬를 따라가 보았다.
달팽이가 지나간 자리처럼 미끄러웠다.

"직접 본 사람들 말로는 눈이 멀 정도로 아름답
다고 하더군."

L에겐 여자가 있었다. 차를 타고 함께 이동할 때
면 그의 재킷과 머리카락에선 채 빠지지 않은 향
수 냄새가 났다. 언젠가 그녀에게서 맡아 본 적 있
는 따뜻하고 달콤한 냄새였다. 나는 그의 부드러워
진 말투와 친근한 태도가 불안했다.

"관심 있으면 비행기 옆자리 정도는 양보할 수
있는데, 어때?"

나는 고개를 저으며 테이블 위로 사진을 밀어
주었다.

"잠은 좀 자는 거야? 얼굴이 말이 아닌데."

나는 손바닥으로 턱을 쓸어 보았다. 아침에 면도
를 하지 못했다. 그것 때문만은 아니었다.

"잠이 부족해."

내가 말했다.

"이런 말이 있지. 잠이란, 자기 안에 아주 작은 구멍으로 정신이 빨려 들어가는 일이다."

"그런가?"

"필요한 일은 적절한 구멍을 만들어 내는 것뿐이야. 나머지는 흐름에 맡기면 돼."

그는 검지를 들어 공중에 작은 구멍을 만들었다. 우리 사이에 새로운 막이 생겼다.

라이플의 스코프로 들여다보는 사람들의 얼굴은 쉽게 지워지지 않는다. L은 그것이 내가 집중하기 때문이라고 했다.

모아 둔 돈이 정리되는 대로 비행기를 타고 북극으로 갈 것이다. 혼자 눈밭을 걸어간다. 그리고 적당한 언덕을 골라 자리를 잡은 뒤 오로라를 기다린다. 그다음에…… 무엇을 해야겠다는 계획은 아직 없다. 다만 그 빛 아래에 누워 한때 듣던 음악을 떠올리거나 그동안 내 표적이 되었던 사람들의 얼굴을 기억해 보면 괜찮을 것 같다. 그럴 수 있을까? 북극에서는 오로라를 '여우의 빛'이라 부른다.

좋은 이름이다. L은 여우의 빛을 보기 전에 죽을
것이다. 나 역시 그럴지 모른다.

이 일을 하기 위해서는 무엇보다 체력이 중요하
다. 그중에서도 정확한 조준을 위한 호흡 조절이
가장 중요하다. L이 내게 해 준 두 번째 충고다. 숨
은 한번에 빠르고 깊게 들이마시고 천천히 몇 번에
걸쳐 내뱉어야 한다. 몸을 완전히 비운다는 느낌이
중요하다. 마지막 호흡이 빠져나가기 직전에 방아
쇠를 당겨야 한다. 너무 늦어도, 너무 빨라도 안 된
다. 호흡이 끝나는 지점을 정확히 알아야 한다. 상
대의 급소를 향해 팔을 뻗는 펜싱 선수처럼 모든
것은 찰나에 결정된다.

나는 이목이 닿지 않는 헬스장을 3개월 단위로
다닌다. 일이 생길 경우 사전 답사를 위해 작업할
지역을 직접 뛰어 보기도 하지만 가급적 정지된 공
간에서 달리는 것을 좋아한다. 한참을 달리다 보면
머릿속으로 백지 한 장이 들어온다. 이내 모든 것
이 환해진다. 호흡이 어떤 임계점을 돌파하는 순간
이다. 나는 그 백지 위에 점을 하나 찍는다. 곧 내
몸은 그 소실점을 향해 돌진한다. 다리가 먼저 사
라지고 곧이어 양팔의 감각 역시 사라진다. 투수의

손을 떠난 야구공처럼 날아간다. 차츰 사위가 밝아진다. 눈이 멀 것 같은 빛 속에서 나는 또 다른 소실점을 확인한다.

거리에는 다양한 사람들이 지나간다. 대부분의 사람들은 자신의 죽음을 알지 못한다. 나는 그런 사람들의 표정을 유심히 지켜본다.

그녀와 헤어지던 날, 우리는 각자 레모네이드와 커피를 주문했다. 재떨이에는 담배꽁초가 두 개. 나는 세 개비째 담배에 불을 붙였다. 그녀의 레모네이드는 조금도 줄지 않았다. 얼음이 너무 많았다. 변두리 커피숍은 주말인데도 손님이 거의 없었다. 우리는 테이블을 사이에 두고 아무 말도 하지 않았다. 음악이 잦아들자 우리는 완전히 침묵했다. 편안한 기분이 들었다.

달그락.

그녀의 유리잔 속에서 얼음이 녹으며 다른 얼음 아래로 떨어졌다.

달그락.

그녀는 창문을 바라보고 있었다. 나는 끈질기게 그녀의 유리잔을 지켜봤다. 잔 속에서 공기 방울이 솟아오른다. 둥근 공기 방울. 아무것도 담지 않은 공기의 집. 하지만 그것은 수면 위에서 수평으로 사라진다. 나는 가장 희극적인 웃음을 떠올렸다. 다시 실내에 음악이 흘러나왔다. 음악과 상관없이 그녀의 어깨가 움직였다.

그녀가 자고 있는 내 얼굴을 만진 적이 있다. 창틈으로 새벽 공기가 새어 들어왔다. 여름이 희미해지는 냄새가 났다. 그녀는 조용히 이불을 들추고 일어났다. 나는 눈을 떴다. 그녀가 치마 속으로 다리를 집어넣는 것이 보였다. 가로등 빛에 그녀의 허벅지가 환하게 드러났다가 치마 속으로 사라졌다. 어둠 속에서 그녀는 수증기처럼 움직였다.

내 집에서 지상까지 이어진 철제 계단은 모두 열두 개. 한 손으로 난간을 잡은 그녀가 계단에 발을 디딜 때마다 위태로운 마찰음이 났다. 나는 누워서 그녀가 내려가는 소리를 하나씩 손가락으로 짚으며 세어 보았다. 손가락이 부족해지자 나는 고개를 두 번 끄덕였다.

얇은 창문에 손바닥을 대어 본다. 창밖으로 겨울 냉기들이 풀리지 않는 저주처럼 몰려와 있다.

다시 방아쇠에 검지를 건다. 이 순간의 짜릿한 감정은 중독성이 있다. 바람이 지나간 다음 얼마 남지 않은 가로수 잎들이 건조하게 떨린다. 숨을 쉴 때마다 입김의 부피가 늘어난다.

그는 다시 나타나지 않을 것이다. 빌딩에서 내려온 나는 한때 우리가 사용하던 안전 가옥 근처로 장소를 옮겼다. 마침 맞은편 사무실은 임대 광고를 내고 있었다. 졸고 있던 수위를 깨워 사무실을 둘러보았다. 스무 평쯤 되는 공간에 책상과 의자, 소파 같은 집기들이 어지럽게 널려 있었다. 수위는 전에 사무실을 쓰던 사람들이 유령 회사나 사채업을 하던 이들이었고 어느 날 낯선 사람들이 몰려와 사무실을 온통 뒤집어 놓은 뒤 아직까지 아무도 쓰지 않았다고, 묻지도 않은 말을 주저리주저리해 댔다. 나는 잔금 처리를 위해 건물 주인에게 연락을 했다.

"근데 뭐 하시는 분이슈?"

수위는 마른세수를 하며 잠이 채 가시지 않은 얼굴로 물었다. 주름이 많고 짧은 손이었다. 무료함이 가득한 눈에 비해 입술과 턱은 고집으로 잔뜩 뭉쳐 있었다.

"조그마한 사업을 합니다."

"뭐 내가 참견할 문제는 아니지만 저번 사람들처럼 이상한 일 하는 건 아니지? 나야 뭐 관리만 하는 처지지만 매번 그런 일이 터질 때마다 형사들이 찾아온단 말이지. 한두 번도 아니고 귀찮아 죽겠어. 보아하니 청년 인상이 좋아서 그런 걱정은 안 하지만. 나도 나이를 먹어서 그런지 요즘은 가만히 앉아 있는 것도 힘들어. 암튼 잘 좀 부탁허이."

슬쩍 말을 놓는 것이 마음에 들지 않았지만 그것보다 형사들이 들락거린다는 말이 더 신경 쓰였다. 어쩌면 아직 근처에서 잠복을 하고 있을지 모른다. 나는 되도록 사람 좋게 웃으면서 물었다.

"사무실 열쇠들은 비상용으로 모두 갖고 계시죠?"

"그럼. 저번처럼 사람들이 문을 때려 부수고 난리를 치면 내 입장이 곤란하거든."

그는 아까부터 허리춤에 차고 있던 열쇠 꾸러미를 자랑스럽게 두드렸다. 사무실 열쇠부터 바꿔야겠다고 생각했다.

접이식 침대에 누워 잠을 청한다. 스무 평 넘는 사무실은 혼자 쓰기에 남는 공간이 너무 많다. 종일 불을 켜지 않고 난방도 돌리지 않는다. 관리인에게는 나중에 떼겠다고 하고는 건물 외벽에 붙어 있는 임대 광고 현수막도 그대로 두었다. 낮 동안 구석에 굴러다니는 생수통에 소변을 보며 창에서 눈을 떼지 않는다. 며칠째 같은 자리에 앉아 움직이지 않는다. 지금쯤 말이 많던 수위도 1층 구석에서 건물 출입문을 바라보며 앉아 있을 것이다. 그는 건물을 지키고 나는 L이 찾아올 순간을 지킨다. 이제 허리 아래로는 소변을 볼 때 외에는 감각이 없다. 이대로 사무실에 뒹구는 부서진 가구가 되어 버릴 것 같다.

어쩌면 나는 누군가 눌러 주기만을 기다리는 폭탄의 작고 빨간 스위치일지 모른다. 주머니에서 알약 하나를 꺼내 물 없이 천천히 씹는다. 이 약이 당분간 내 시력을 보호해 줄 것이다. 입안이 금세 까칠해진다. 이렇게 오랫동안 타깃을 기다리는 것이 처음은 아니다. 일주일가량을 작은 방에 앉아 정해진 타깃을 기다린 적이 있다. 일주일이라는 기간은 예정에 없던 것이었다. 오랫동안 기다린 보람이 있었던지 방심한 상대는 경호원도 없이 여자를 데리고 모텔로 들어서고 있었다. 나는 스코프 가득 그의 살찐 얼굴을 잡아당긴 뒤 미간에 총알을 박았다. 기분 좋은 반동이 어깨뼈를 관통해 사라졌다. 성공이었다. 하지만 문제는 그다음이었다. 다리가 펴지지 않았다. 딱딱하게 굳은 관절은 아무리 주물러도 감각이 없었다. 쓰지 않는 근육이 낡아 가듯이 어느새 내 관절은 한쪽으로 굳어 있었다. 나는 그때의 기억을 조심스럽게 L에게 얘기했다.

"자네는 혼자서 얼마나 오래 버틸 수 있을 것 같은가?"

그는 웃으며 말했다. 하지만 나를 비웃지 않았다.

"무책임한 희망은 사람을 비참하게 만들지만, 때로 모든 것을 잃어버린 사람에게는 유머가 되는 법이지."

하지만 고독을 믿어서는 안 된다. L이 해 준 마지막 충고였다.

내 절망의 순도는 갈수록 낮아진다. 나는 더 이상 순수한 의미의 절망을 알지 못한다. 나는 종교가 없고, 보험에 가입할 이유가 없다. 세계 경제와 평화에 관심이 없다. 나는 더 많은 것들을 버려야 한다. 그러기 위해서는 외부가 필요하다. 침대에 누

26

위 이런 말들을 중얼거린다. 그러다 문득 천장이 한없이 높아지는 상상을 한다. 그리고 북회귀선이나 날짜 변경선 같은 것들이 지구를 둘러싸고 있다는 생각을 한다. 실을 감고 있는 실패처럼. 실이 풀리면서 돌고 있는 지구를 생각한다. 그 실을 끊으며 다른 대륙으로 이동하는 새들의 생소한 이름을 생각하려 한다. 생각나지 않는다. 그럴 때마다 나는 안타깝다.

유리잔에 남은 립스틱. 식은 뒤에 더 짙어지는 커피색. 그녀에게 안부를 묻는 카페 주인. 그녀가 아는 길고양이. 고양이가 도망간 골목길. 나는 골목길을 달려간다. 담장은 높고 올려다볼 때 더 아름답다. 한참을 달려가 드디어 벽을 만난다. 벽에 한 손을 짚고 숨을 고른다. 깊게 한 번, 짧게 여러 번. 들숨과 날숨 사이로 누군가의 발소리가 들어온다. 나는 기다리던 연락을 받은 사람처럼 웃는다. 고개를 든다. 그리고 잠에서 깨어난다. 기억을 호명하는 순간, 그것은 곧 후회로 변질된다. 과거란 끝없이 따라오고, 죽은 뒤에도 움직이고 있는 것. 그것은 표백제 가득한 플라스크 안에서 꿈틀거리는 곤충을 닮았다.

이곳에서 버틴 지 보름이 지나고 있다. 그는 나타나지 않을 것이다. 그 역시 자신만의 우주로 돌아간 것일까. 한 달가량을 계약했지만 내일쯤에는 철수해야 될 것 같다. 나는 아무렇게나 버려 놓았던 잡다한 쓰레기를 한곳에 모은다. 말이 많던 관리인은 그동안 한 번도 사무실을 찾지 않았다. 다행이다. 나는 바뀐 열쇠를 주머니에 넣고 사무실을 나선다. 적어도 이달 말까지 아무도 이곳을 찾지 않을 것이다. 내가 숨 쉬던 공기도 그 안에서 천천히 썩어갈 것이다.

엘리베이터 문이 열린다. 나는 그 안으로 들어간다. 옅은 살 냄새가 난다. 숨을 짧게 나눠 마신다. 익숙한 냄새다. 팔을 들어 시간을 확인할 때 손목시계 유리판 위에서 형광등이 떨리고 있다. 벽에 붙은 거울에 얼굴을 비춰 본다. 면도를 해야 한다.

관리인은 조그마한 수위실에서 텔레비전을 켜 놓은 채 잠들어 있다. 텔레비전의 푸른 불빛이 수위실에 넘실거린다. 내가 저렇게 편안한 표정으로 잠을 잔 적이 있었던가. 새로 맞춘 사무실 열쇠를 창틀에 놓아 둔다. 잠든 그의 얼굴을 오랫동안 내려다본 후 걸음을 옮긴다. 비가 내리고 있다.

시내버스는 다리를 건너 남쪽으로 달리는 중이다. 창문을 조금 연다. 비가 그친 뒤 차가운 공기. 심호흡을 할 때마다 공기에는 무언가 가득 차 있었던 것들의 흔적이 있다. 창밖을 향하던 시선을 거둔다. 출근 시간을 넘긴 버스 안에는 등산복을 입은 노인과 교복을 입은 여학생, 그리고 대학생쯤으로 보이는 남자가 전부다. 우리는 모두 약속이나 한 듯 버스의 구석 자리를 하나씩 차지하고 앉아 있다. 라디오에서는 이번 겨울비가 그치면 기온이 한층 더 떨어질 것이라고 한다. 버스는 직사각형이다. 나는 고개를 돌려 버스의 네 각을 확인한다. 시력이 나빠진 이후 모서리를 쳐다보는 버릇이 생겼다. 보고 있으면 모서리는 점점 커진다. 나는 점점 작아진다. 그리고 작아진 내 몸이 조금씩 그 속으로 빨려 든다. 아늑한 착각이다. 나는 흔들리는 버스의 진동에 맞춰 눈의 초점을 감았다가 다시 풀어놓는다.

그녀와 시내에서 간단히 술을 마시고 함께 택시를 탄 후였다. 사람들은 예전보다 일찍 찾아온 추위에 옷깃을 더욱 촘촘히 여미며 지나갔다. 술기운이 오르는지 그녀는 손바닥으로 발그레해진 얼굴을 문지르며 말했다.

"자동차는 사방이 유리로 되어 있잖아."

그녀는 손톱으로 창문을 가볍게 두드리고 있었다.

"사랑은 유리 같다는…… 노래 알아?"

창문에 그녀의 입김이 조그맣게 붙어 있었다. 그녀가 숨을 쉴 때마다 입김은 사라졌다가 다시 나타났다. 택시는 내부순환도로를 막 벗어나고 있었다. 거리는 한산했고 그만큼 차가웠다. 우리를 태운 택시는 목젖을 통과하는 따뜻한 알약처럼 도로를 달리고 있었다. 나는 자동차를 탈 때마다 고개를 돌려 사방의 유리를 확인하는 버릇이 생겼다.

버스에서 내려 그녀의 집을 찾아간다. 열쇠는 바뀌지 않았다. 방에는 그녀가 급하게 나간 흔적이 역력하다. 보일러는 꺼져 있다. 나는 버튼을 눌러 보일러를 작동시킨다. 바닥으로 조용한 떨림이 전해진다. 이불은 침대 구석에 몰려 있고 바닥 여기저기에 입다 벗어 놓은 옷들이 구겨져 있다. 냉장고에서 물병을 꺼낸다. 찬장을 열어 유리잔을 하나 고른다. 가장자리에 물때가 묻어 있다. 물병의 물을 잔에 옮겨 담는다. 잔을 들고 침대에 걸터앉는다. 침대에서 화장품 냄새가 일어난다. 물을 한 모금 마신다. 삼키기 전에 입안을 충분히 적신다. 그녀는 지금쯤 오전 업무를 끝내고 점심을 먹고 있을 것이다. 책상 위에는 간단한 기초 화장품과 낡은 노트북, 필기구들, 그리고 메트로놈이 있다. 화장품의 마개를 열고 가만히 코를 가져다 댄다. 화장품의 냄새 속에는 그녀의 귓불이 있다. 목도리가 빠져나간 목덜미와 음식을 씹을 때마다 드러나는 보조개가 있다. 무언가를 설명할 때 부산스러워지는 손짓과 창밖을 바라보던 옆모습이 있다. 나는 눈을 감고 이런 것들을 하나씩 조립한다. 마개를 닫으면 그녀는 사라진다.

메트로놈에는 먼지가 얇게 깔려 있다. 그녀는 피아노를 칠 줄 모른다. 또래의 여자아이들이 으레 다녔을 피아노 학원도 다니지 못했다. 그녀도 피아노에 흥미가 없었다. 대신 메트로놈이 좋았다. 작은 추를 매달고 일정하게 흔들리는 걸 보고 있으면 마음이 편안해진다고 했다. 그녀의 메트로놈은 추를 달고 있는 아날로그 식이었다. 전체적으로 원뿔형 구조에 나뭇결무늬를 한 플라스틱이 외장을 덮고 있다. 군데군데 손때가 탄 흔적이 있지만 오히려 그것이 고풍스러운 느낌을 주었다.

그녀는 친구를 따라 피아노 학원에 놀러 간 적이 있다고 했다. 문을 열자 피아노 소리가 여기저기서 들려왔다. 학원에는 피아노가 놓인 방이 다섯 개였다. 방음 처리가 된 소리는 아주 멀리서 흔들리는 깃발처럼 희미했다. 친구는 그녀를 소파에 앉히고는 평소 자기가 연습하던 방으로 들어갔다. 학원 선생은 보이지 않았다. 다른 방에서 먼저 온 아이를 가르치고 있는 모양이었다. 소파 위로는 몇몇 음악가의 사진이 액자에 걸려 있었다. 한동안 소파에서 발 장난을 하며 놀던 그녀는 잠시 후 자리에서 일어났다. 학원을 좀 둘러볼 생각이었다. 창가 쪽으로 다가가던 그녀는 문이 반쯤 열려 있는 방을 발견했다. 조심스레 문을 밀어 보았다. 아무도 없었다. 다만 검은색 피아노가 고집스러운 노인처럼 방구석을 차지하고 있었고 벽에는 자주색 스펀지가 올록볼록 돋아나 있었다. 바닥에는 하늘색 양탄자가 깔려 있었다. 그녀는 안으로 들어가 문을 닫았다. 두꺼운 문이 닫히고 나자 아무 소리도 들리지 않았다. 갑자기 사위가 조용해지자 그녀는 조금 당황해 뒷걸음질을 쳤다. 그러면서도 발바닥에 전해지는 보슬보슬한 양탄자의 느낌이 좋았다. 피아노 의자에 앉아 보았다. 그 작고 조용한 방이 마음에 들었다. 눈을 감고 심호흡을 했다. 잠시 후 그녀의 작은 방은 하늘 높이 떠올랐다. 그녀는 모든 것을 볼 수 있었다. 식당 일을 마치고 돌아오는 엄마가 보였다. 유모차를 지팡이 삼아 밀고 다니는 할머니와 분식집에 모여 있는 친구들이 보였다. 출석을 부르는 선생님도 보였다. 어제 공터에서 태워 버린 편지가 바람과 함께 흩어지고 있었다. 그녀를 담은 방은 지상에서 멀어지고 있었다. 그녀는 괜찮다고 손을 흔들었다. 아무도 보지 못한 것 같았다.

메트로놈은 피아노 위에 있었다. 그녀는 메트로놈을 가방에 집어넣었다. 집으로 돌아와 자신만의 비밀 상자에 넣어 두었다. 오랜 시간이 지난 후 그녀가 집에서 독립한 다음에야 메트로놈은 상자를 벗어날 수 있었다. 하지만 책상의 한구석을 차지하는 일 말고 메트로놈이 할 수 있는 일은 없었다. 세상엔 박자를 맞추며 해야 하는 일이 별로 없었다. 그래도 그녀는 이사할 때마다 메트로놈을 잊지 않고 챙겼다.

나는 케이스를 벗기고 태엽을 감는다. 그리고 손

가락으로 메트로놈의 추를 왼쪽으로 가볍게 기울인다. 손가락을 떼자마자 추는 오른쪽으로 기울어지며 한 박자를 센다. 그리고 왼쪽으로 기울어지며 다시 한 박자를 센다. 그리고 다시 한 박자. 그녀는 요즘도 도시락을 싸 가지고 다닐까. 조용하게 다시 한 박자.

언젠가 나는 그녀가 잠든 모습을 물끄러미 내려다보다가 그녀의 가슴에 손을 얹은 적이 있다. 손바닥 안으로 그녀의 심장 소리가 전해졌다. 나는 메트로놈을 가져와 그녀의 심장 소리에 맞게 박자를 조정했다. 잠든 그녀의 심장은 생각보다 느리게 뛰고 있었다.

그녀의 심장은 안단테. 나는 이걸 그녀에게 말하지 못했다.

아주 미세한 차이로 사람들의 맥박은 저마다 조금씩 차이가 있다. L은 죽을 것이다. 지금 그의 심장은 어떤 빠르기로 뛰고 있을까. 나는 흔들리는 추를 잡아 세운다. 순간 방 안이 조용해진다. 하지만 그녀의 방은 다시 하늘로 떠오르지 않는다. 나는 잔을 정리하고 그녀의 방을 나선다.

가로등이 하나씩 켜진다. 가로등의 둥근 유리관

을 향해 눈알만 한 나방이 제 몸을 부딪치고 있다. 그때마다 유리관이 좌우로 흔들린다. 나방의 무서운 습관이다. 때로 잠이 들기 전 침대에 누워서 창밖의 소리에 귀를 기울인다. 밤이 깊어 가면서 요란스레 돋아났던 소리들은 심지가 다한 촛불처럼 사라진다. 공기 중엔 미처 돌아오지 못한 반향만이 어지럽게 돌아다닌다. 그것들은 곧 내 조그마한 귓속으로 몰려든다. 바로 옆에서 누군가의 숨소리가 들린다. 내 숨소리다. 나는 고개를 돌려 또 다른 내 얼굴을 마주한다. 우리는 서로의 호흡을 교환한다. 매번 내 호흡이 먼저 낯설어진다. 나는 생각한다. 나는 양파를 키우는 중심의 빈 공간이다. 나는 아무 의미 없이, 눈물이 마를 때까지 냄새를 피우는 작은 입자다. 지금도 내 몸은 부글부글 끓고 있다. 번식하기 직전의 세균과 같이.

세상의 모든 감각이 차례로 사라지는 날이 올 것이다. 삶에서 사라지는 것들, 조금씩 내가 놓아주는 것들, 혹은 내게서 떠나는 것들. 내게는 그런 것들의 빈자리가 대부분이다. 빈 방을 열어 보고, 그 안의 테두리와 윤곽을 이루는 먼지를 닦아 낸다. 언젠가 그것들끼리 달무리처럼 어떤 군무를 이루기 시작할 것이다.

　대형 마트에는 언제나 질서가 있다. 불면증에 시달리는 새벽이면 늘 그곳으로 간다. 사람이 없기 때문이다. 그 시간에는 모든 물건이 정돈되어 있다. 무례하게 어깨를 치고 가는 사람도 없고, 부모에게 떼를 쓰는 아이들의 울음소리도 없다. 지갑을 챙기고 집을 나선다. 문을 닫기 전 잠시 방 안을 둘러본다. 불을 끄고 나올까 하다가 그만둔다. 큰길로 나서기 전 뒤를 돌아본다. 내가 켜 놓은 불이 아직 집 안에 있다. 안심이 된다. 버스가 지나가지만 그냥 걸어가기로 한다. 공기는 두부처럼 부드럽다.

　자동문을 통과해 지하로 내려간다. 바닥 여기저기에 물기가 흩어져 있다. 애완동물 코너는 매장 구석에 있다. 토끼는 잠을 거의 자지 않는다고 한다. 나는 투명한 유리 케이스를 살짝 두드린다. 토끼의 빨간 눈동자를 보고 싶었지만 토끼는 고개를 들지 않는다. 앞발과 뒷발을 모두 품 안으로 집어넣은 채 케이스 구석에 동그랗게 말려 있다. 조그만 구름처럼, 바람이 불면 찢어질 것 같다.

　수족관은 자주색 천으로 덮여 있다. 매장의 형

광 불빛이 너무 강하기 때문이다. 나는 주위를 살핀다. 그리고 천의 한쪽 끝을 들춰낸다. 열대어들. 크고 작은 열대어들은 햇빛에 드러난 먼지처럼 물 속을 떠다닌다. 나는 수족관 유리에 입술을 대고 입을 뻐끔거려 본다. 내가 보는 것은 물고기의 측면이다. 물고기는 정면을 보여 주지 않는다. 손등으로 어항을 두드린다. 물고기의 날렵한 꼬리에 닿아 내 신호는 미끄러진다. 이 신호가 닿기 전 먼저 물에 젖기 때문일까. 수족관 바닥에는 모래가 깔려 있고 조그마한 벽돌집 굴뚝으로 공기 방울이 올라온다. 수초 사이에서도 올라온다. 공기 방울이 내 몸의 상처를 두근거리게 한다.

나는 수족관의 뚜껑을 소리 나지 않게 밀어낸다. 발돋움을 해서 수족관 속으로 손을 집어넣는다. 물은 생각보다 따뜻하다. 작은 물고기들은 먹이가 들어온 줄 알고 내 손 주위로 모여든다. 주둥이를 내밀어 내 손에 대어 본다. 순간 나는 주먹을 쥔다. 주먹 안에서 작은 움직임이 느껴진다. 꺼내어 본 손바닥 위에는 총알만 한 물고기가 누워 있다. 아가미를 헐떡일 때마다 은빛 비늘이 반짝거린다. 나는 물고기를 바지 주머니에 넣고 매장을 빠져나온다.

어느새 가로등이 꺼지고, 거리는 출근하는 사람들로 분주하다. 물고기를 넣어 둔 주머니가 점점 무거워지는 것 같다. 나는 걸음을 옮기며 주머니 속 물고기가 차츰 녹아내리는 상상을 한다. 피와 내장이 분해되고 살이 뼈에서 떨어진다. 눈알이 흐물거리며 녹는다. 마지막으로 은빛 비늘이 하나씩 벗겨진다. 이윽고 그것은 가장자리부터 나를 잠식해 들어간다.

나는 고양이가 뜯다 만 쓰레기봉투 속으로 물고기를 던져 넣는다. 며칠 동안 손에서 화약 냄새가 났다.

그날 밤. 잠은 처음부터 꿈으로 채워졌다. 불이 꺼진 긴 복도. 그 끝에 L이 있다. 통유리로 안이 훤히 비치는 사무실 안에서 그는 혼자 앉아 있다. 형광등이 하나 켜져 있다. 그는 외로운 석상처럼 보인다. 나는 머뭇거린다. 인기척을 느꼈는지 그가 나를 돌아본다. 공포로 가득 찬 눈은 불결해 보인다. 그런 눈을 가진 사람은 쉽게 처리할 수 있다. 하지만 의심이 없는 눈에서 나는 죄의식을 느낀다. 입안에서 혀가 안쪽으로 말려 들어간다. 나는 품에서 칼을 꺼낸다. 왼손으로 그의 목을 잡고 뒤로 젖힌다. 그의 입에서 무슨 소리가 새어 나왔지만 기도가 막힌 탓인지 제대로 들리지 않는다. 내 손에 들린 칼의 한쪽 면이 날렵하게 형광등 빛을 받았다. 나는 그 빛을 기억한다.

여기까지.

내가 첫 작업을 마친 날이었다. 나는 L을 만났다. 그는 초등학교 운동장으로 나를 데리고 갔다. 트랙을 따라 걷던 L이 걸음을 멈추더니 구두 굽을 세워 흙바닥에 금을 그었다.

"여기까지 달리는 거야."

우리는 바닥에 표시된 금에서 돌아선 뒤 다시 몇 미터를 걸어 출발선에 나란히 섰다. 하교 시간을 넘긴 초등학교. 운동장 가장자리로 어스름이 깔리기 시작했다. 건물의 가장자리를 따라 마지막 햇빛이 여운처럼 남아 있었다.

그는 구두끈을 새로 묶었고 나는 바지에서 셔츠를 뽑아냈다. 겨드랑이가 차가웠다. 바람이 불었다. 서늘한 기운이 능숙한 여자의 손가락처럼 등 쪽으로 퍼지기 시작했다.

"준비."

그가 허리를 숙이며 말했다. 멀리, 그가 그어 놓은 금 뒤로 국기 게양대가 보였다. 나는 숨을 깊게 들이마셨다. 왼발 끝으로 땅을 조금 파내고 전방을 주시했다. 손끝이 찌릿했다. 곧 있을 질주에 맞춰 살짝 굽힌 다리의 관절로 체중을 분산시켰다.

"개하고 사람이 달리기 시합을 하면 누가 이기는지 아나?"

허리를 숙인 채 그가 말했다.

나는 대답하지 않고 왼발에 체중을 조금 더 실었다.

"사람은 어떤 목표를 향해 달리지만 개는 그러지 않아. 언제나 전력질주지. 페이스를 조절하지도 않고 결승점을 보지도 않아. 달리는 순간 자신의 모든 걸 바로 눈앞에 쏟아붓는 거야."

그날 우리는 달리기 시합을 했다.

칼날이 지나간 틈으로 피가 솟구쳤다. 그리고 차츰 줄어들었다. 쇼크 상태에 빠진 듯 그의 몸이 흐느꼈다. 나는 의자를 끌고 와 그의 맞은편에 앉는다. 고개를 숙인 그는 내 눈을 보지 않는다. 서서히 가라앉는 그의 심연을 나는 끝까지 지켜본다. 대상이 사라진 살의는 다른 감정이 개입하지 않는 순수한 의지이다. 순수한 살의에는 아무런 냄새가 나지 않는다. 나는 그에게서 너무 많은 냄새를 맡았다.

그날 나는 그보다 먼저 결승점을 통과했다. 잠에서 깨어나 든 생각이었다.

비가 내리면 그 비를 받아 꽃이 핀다. 비는 나무를 지나갈 뿐이다. 꽃은 나무가 비를 기억하는 방식이다. 며칠 동안 나는 거리를 하릴없이 돌아다니다 다시 그 거리를 빠져나간다. 간혹 실패한 의미로 우주 속을 부유하고 있을 말들에 대해 생각한다. 우주는 지금도 빛의 속도로 팽창하고 있다. 그 속에 L도 있을 것이다.

"밤하늘은 왜 어두울까?"

언젠가 그가 물었다.

나는 술값을 치르고 남은 돈을 지갑에 넣다가 그를 쳐다봤다. 가로수 가지마다 작은 전구들이 감겨 있었고 거리 곳곳에서 캐럴이 흘러나오고 있었다. 그는 고개를 젖혀 밤하늘을 보고 있었다. 별은 보이지 않았다. 그의 목젖이 위로 크게 튀어 나와 있었다. 금방이라도 꿈틀거릴 것 같았다. 누군가

미닫이문을 열고 술집에서 나왔다.

"태양이 없으니 그렇지."

내가 말했다.

"우리가 보는 별들은 모두 태양처럼 스스로 빛을 내는 행성이야. 우주의 크기가 무한하다고 한다면 이런 별들 또한 무수히 존재하겠지. 그러면 밤하늘은 이런 별들로 빽빽해야 할 거고 태양보다 몇 만 배나 더 밝아야 정상이지."

그는 잠시 말을 쉬고 뒤를 돌아봤다. 대로변의 불빛이 골목길 어귀를 비추고 있었다.

"밤하늘이 어두운 이유는 우주의 모든 별들이 지구로부터 멀어지고 있기 때문이야. 우주가 스스로 팽창하고 있다는 거지. 별이 지구로부터 계속해서 멀어지기 때문에 별빛의 세기는 점점 약해져 희미하게 보이거나 소멸하는 경우도 있어. 멀리 있는 별일수록 멀어지는 속도는 빛의 속도에 가깝지. 별과 별 사이의 거리 역시 그렇고. 빛이 없는 공간은 더욱 커져서 결국 검은 공간이 생기는 거야. 그러니까 우리가 지구에서 살 수 있는 이유는 우주가 끊임없이 팽창하기 때문이지."

그가 말했다.

"어떤 물질이든 팽창하는 동안 에너지를 필요로 하지. 우주는 팽창하는 데 필요한 에너지를 별빛에서 얻고. 그래서 우주는 언제나 어두운 거야."

"그럴 듯한데?"

그가 웃었다. 입에 고인 침을 삼키며 나도 웃었다. 목젖이 꿈틀거렸다. 바람이 불었다. 하늘에선 금방이라도 눈이 내릴 것 같았다.

그는 다시 여우의 빛을 얘기했고 나는 최근에 만난 여자를 생각했다. 조직에서 알아 좋을 게 없었다. 우리는 곧 서로의 안부를 챙기고 헤어졌다.

집으로 가는 동안 머릿속으로 검은 풍선이 들어왔다. 풍선의 표면에는 두 개의 점이 찍혀 있었다. 그중 하나는 나였다. 내가 숨을 쉴 때마다 풍선이 커졌다. 풍선이 커지면서 두 개의 점도 서로 멀어졌다. 다른 한 점이 누구인지는 알 수 없었다. 나는 풍선의 반대쪽을 향해 소리를 질렀다. 그 점은 처음엔 물고기처럼 보이다가 다시 총알처럼 작아졌다. 풍선이 커질수록 나는 점점 어두워졌다.

L의 집을 찾아간다. 한동안 사람이 살지 않았던 공간은 왠지 청동빛을 띠고 있는 것 같다. 그의 집

은 발굴되지 않을 무덤처럼 서늘하고 고요하다. 나는 컵에 꽂혀 있는 수저들 중에서 작고 반짝이는 것을 꺼내 싱크대를 두드려 본다. 화장실에서 소변을 보고 물을 내린다. 비누가 딱딱해져 있다. 수건은 바싹 말라 있다. 발을 디딜 때마다 바닥에는 발자국이 남는다. 책상 위에 빈 액자가 놓여 있다. 나는 그 액자를 아는 얼굴로 채워 본다. 가까운 곳에서 트럭이 지나가는지 창문이 떨린다. 식탁에 유리잔을 놓고 나는 천천히 물을 따른다. 갑자기 눈알 뒤쪽이 따끔거리기 시작한다. 나는 더듬더듬 약병을 찾는다. 약병이 손에서 미끄러지며 바닥으로 떨어진다. 병의 입구에서 하얀 알약이 쏟아진다. 알약 위로 오후의 햇살이 내려앉는다.

빈방의 냄새를 맡아 본 적이 있다. 오랫동안 집을 비운 뒤 다시 문을 열면 알 수 없는 냄새가 난다. 내가 없는 사이 벽이 참았던 호흡을 하는 것일까. 그 냄새가 낯설어 나는 잠시 촛농처럼 문 앞에 서 있곤 했다. 그녀는 사랑이란 서로의 호흡을 감정(鑑定)하는 일이라고 했다. 나는 바닥에 쪼그리고 앉아 알약을 하나씩 병에 담는다. 그녀는 내 진심을 알 것이다.

여우의 빛은 오로라의 다른 이름이다. 북극에서는 오로라를 그렇게 부른다. L도 알고 있었을까.

나는 안부를 묻듯 벽에 볼을 대고 조그맣게 숨을 쉬어 본다.

마이 퍼니 발렌타인

마지막으로 그는 악기를 점검하기로 했다.

악기 케이스는 옷장 위 깊숙한 곳에 있었다. 발
뒤꿈치를 들어 올려다봤다. 서 있을 때는 보이지
않았다. 거실로 나가 적당한 의자를 찾던 그는 소
파 옆에서 접이식 의자를 발견했다. 조그마한 화분
이 그 위에 놓여 있었다. 내가 화분을 산 일이 있
던가? 그는 의아해하며 왼손으로 화분을 들어 올
린 뒤 오른손으로 의자를 접었다. 그리고 화분을
바닥에 놓았다. 갈변한 잎사귀 하나가 가지에서 끊
어졌다.

방으로 돌아와 의자를 딛고 올라섰다. 체중을 싣는 순간 의자가 잠시 기우뚱했지만 그는 곧 균형을 잡았다. 고개를 들자 옷장 가장자리 안쪽에 검은색 케이스가 보였다. 손을 뻗어 케이스 손잡이를 잡았다. 몸 쪽으로 끌어당겼다. 케이스는 쭉 뻗은 그의 팔 너비 정도였다. 옷장 위로 케이스 면적만큼의 먼지 길이 생겼다. 그는 몇 번의 얕은 기침을 했다. 의자에서 내려와 바닥에 케이스를 놓았다. 케이스 상단에도 먼지가 쌓여 있었다. 그는 물티슈를 찾으러 자리를 떴다.

케이스는 강화 플라스틱 재질로 표면에는 미세한 돌기가 무수히 돋아 있다. 오른쪽 하단에는 YAMAHA 로고가 선명하게 박혀 있다. 그는 검지에 물티슈를 감아 케이스 겉면을 꼼꼼히 닦는다. 차츰 케이스는 본래의 색을 찾아 간다. 그의 손끝에서 순수한 검은색이 드러난다. 악기상에서 처음 구입했을 당시에는 탐스러운 광택이 흐르고 있었다. 그는 광택제를 잠시 손에 들었다가 자리에서 멀리 내려놓는다.

양손 검지로 케이스에 달린 걸쇠를 푼다. 금속이 분리되는 소리와 함께 케이스가 열린다. 상단

커버를 들어 올리자 버건디 계열의 내피가 드러난다. 중세 귀족의 깃발처럼 기품 있는 색이다. 내부는 먼지 하나 없이 깨끗하다. 그는 노련한 감정사의 눈빛으로 내부를 훑어본다. 아무 이상 없다. 트럼펫은 그 안에 들어 있다. 그는 고개를 끄덕인다. 표면에 코팅된 골든 옐로우가 나른한 빛을 발하고 있다.

그는 트럼펫을 들어 올려 한 손에 잡아 본다. 익숙한 중량감이다. 케이스 안에서 실버 마우스피스를 꺼내 리시버에 끼운다. 왼손 엄지와 약지를 고리에 걸고 오른손 검지와 중지, 약지를 세 개의 버튼 위에 놓는다. 자세를 잡아 본다. 입술을 한 번 오므린 뒤 가벼운 숨과 함께 풀어낸다. 그러고는 천천히 마우스피스에 가져다 댄다. 입술이 밀착된 것을 확인한 후 볼펜을 물듯이 양쪽 입꼬리에 힘을 준다. 하지만 마우스피스 안에 포함된 부분에는 최대한 힘을 뺀다. 복식 호흡으로 아랫배에 힘을 준 뒤 한 줄기 숨을 악기에 불어넣는다. 악기 내부를 흐르는 가벼운 진동을 느낀다. G음이 방을 가득 채운다.

그는 초등학교 때 브라스 밴드에 가입했다. 트럼

펫을 접한 것은 그때가 처음이었다. 관악실로 찾아
가자 파트장을 맡은 선배 두 명이 그를 맞았다. 우
선 그에게 맞는 악기를 고민해야 했다. 트롬본을
하기에 그의 팔은 짧았다. 베이스를 맡기에는 너무
왜소한 체격이다. 호른과 바리톤은 인원이 다 찼
다. 드럼 파트도 마찬가지다. 너희 파트에 사람 필
요하지 않아? 얼마 전에 한 명 그만뒀잖아. 너, 잘
할 수 있겠냐? 그는 미심쩍어 하는 선배들의 표정
을 읽으며 고개를 끄덕였다.

"무턱대고 힘껏 바람을 분다고 소리가 나는 게
아니야."

옆에 앉은 선배는 그의 아랫배에 손바닥을 대고
말했다.

"여기에 힘을 줘. 어깨 풀고. 몸에 힘이 들어가면
오래 연주할 수 없어. 아랫배에 힘을 주고 입술에
힘을 빼."

합주실에는 다양한 파트의 악기 소리들이 한창
이었다. 그의 트럼펫은 케이스에 담겨 악기실 선반
에 놓여 있었다. 그는 일주일 동안 마우스피스만
가지고 연습했다.

"거기서 소리가 나지 않으면 악기에 꽂아도 마찬

가지야."

선배는 엄격했다.

윗입술과 아랫입술 사이에 작은 틈을 만들고 그 사이로 바람을 내보내면서 두 입술을 떨리게 한다. 그 떨림이 마우스피스를 통해 악기 안으로 전달된다. 정해진 관을 지나면서 그 울림은 특정한 소리를 얻게 된다. 그리고 벨을 통해 외부로 나온다. 선배는 기본적인 원리만 가르쳐 주었다. 입술을 떨리게 해서 소리를 만든다. 공기는 재료가 되고 몸은 음악의 도구가 된다. 그는 선배의 말을 정리하며 손바닥에 놓인 마우스피스의 구멍을 들여다보았다.

"화장실로 따라와."

일주일이 지나도록 진전이 없자 선배는 그를 불렀다. 그의 손에는 아직까지 마우스피스가 들려 있었다.

"따라 해 봐."

선배는 세면대 수도꼭지에 입을 대고 물을 가득 머금었다. 그리고 정면을 향해 뿜었다. 선배의 입에서 미세한 물줄기가 빠르게 뿜어져 나왔다.

"뱉는 게 아니야. 양쪽 입꼬리에 힘을 주고 입술 가운데 부분만 열고 빠르게 물을 뿜는 거야. 이 물을 공기의 흐름이라고 생각하면 돼. 해 봐."

선배는 세면대에서 비켜서며 말했다. 그는 선배와 마찬가지로 입안 가득 물을 머금은 뒤 빠르게 뿜었다. 여러 가닥의 물줄기가 윗입술과 아랫입술 사이에서 날카로운 소리를 내며 뿜어져 나왔다. 물이 사라진 뒤에도 입술 사이에는 진동의 여운이 남았다. 보이지 않는 곤충의 날개를 물고 있는 듯했다. 그는 입술을 비비며 그 느낌을 기억했다.

"물이 나오는 고무호스의 한쪽을 엄지로 막았다고 생각해 봐. 기본적인 소리는 그렇게 내는 거야. 고음과 저음은 입술의 압력으로 조절하면 돼."

선배는 자신의 마우스피스를 입에 가져다 대고는 시범을 보였다. 단단한 풀피리 소리가 났다.

그는 공중에 물을 뿜어 대며 한동안 화장실에 남았다. 어느새 창밖은 온통 노을이었다. 화장실 바닥은 금세 흥건해졌다. 그 위로 붉게 물든 비행운이 지나갔다. 작은 새가 셋잇단음표로 울며 지나갔다. 물방울은 바닥에 닿기 전 잠시 투명한 빛을 보였다. 아주 짧은 순간이었다. 그 순간에 모든 것이 이루어질 것이다. 소리도, 음악도. 그는 다시 입안에 물을 가득 머금었다.

텅 빈 합주실에서 그는 톤 연습에 매진했다.

"한 음을 일정하게 오랫동안 낼 수 있어야 한다. 한 호흡에 한 음씩. 끝까지."

그는 선배의 말을 상기하며 배에 힘을 준 채 호흡에 집중했다. 숨이 찼다. 마지막에는 눈앞이 흐려지며 현기증이 났다. 그는 눈을 비비며 다시 악기를 잡았다. 같은 악기라도 연주하는 사람에 따라 톤이 달랐다.

"사람으로 치면 음색이라고 하지."

선배는 그의 손에 들린 악기를 가져와 자신의 마우스피스로 바꿔 끼운 뒤 보면대에 펼쳐진 「시바의 여왕」을 연주하기 시작했다. 귀에 익은 멜로디였다. 라디오에서 들었던 기억이 있다. 선배는 곡의 클라이맥스를 짧게 연주하고는 악기에서 입술을 뗐다. 서정적인 멜로디에 관악기 특유의 울림이 더해지자 텅 빈 합주실 전체가 하나의 감정으로 가득 찼다. 그는 경이에 찬 눈으로 자신의 악기를 바라봤다. 내 악기에서 저런 소리가 나올 수 있구나. 그는 트럼펫이 자신의 목소리를 닮았다고 생각했다.

「시바의 여왕」은 미셸 로랑이 1967년에 작곡한

곡으로 실비 바르탕이라는 가수가 부른 샹송이다. 그는 오래전 흘려들었던 디제이의 설명을 기억해 냈다. 초등학교 졸업 후 까맣게 잊고 있던 곡이 뜬금없이 왜 지금 생각난 걸까? 그는 의아해하며 트럼펫을 내려놓는다. 휴일 한낮에 주택가는 고요하다. 아무 소리도 들리지 않는다. 완벽한 정적 상태다. 골드러시가 휩쓸고 간 황폐한 마을 같다. 모두들 어디로 간 걸까? 그는 자신이 어떤 외계에 따로 떨어져 있는 것 같은 착각이 들었다. 물론 그렇지는 않을 것이다. 사람들은 두터운 괄호를 몸에 두르고 아직 잠에 빠져 있거나 자신만의 침묵을 지키고 있을 것이다. 그는 동의를 구하듯 들고 있던 악기를 내려다본다.

클리닝 키트에서 슬라이드 크림과 오일을 준비한다. 왼손으로 악기를 받치고 오른손 엄지로 튜닝 슬라이드를 밀어낸다. 하지만 두 개의 관은 쉽게 분리되지 않는다. 이음새는 굳게 닫혀 있다. 난감하다. 튜닝 슬라이드는 합주 전 음정을 조절할 때 사용한다. 독주에는 상관없지만 합주를 염두에 둔다면 음정 조절은 필수다. 모든 악기는 기온과 습도에 따라, 그리고 연주자의 컨디션에 따라 음정이 달라질 수 있다. 때문에 합주 전에는 서로 음정을 맞출 필요가 있다. 트럼펫의 음정은 튜닝 슬라이드로 잡는다. 관을 길게 하면 음정이 낮아지고, 짧게 하면 높아진다. 원리는 간단하다. 하지만 튜닝 슬라이드가 움직이지 않는다면 악기는 불완전한 상태가 된다. 그는 이음새 부분에 오일을 바른 뒤 악기를 내려놓고 팔짱을 낀다. 오일이 스며들기를 기다린다.

트럼펫은 누를 수 있는 버튼이 세 개 있다. 세 개뿐이다. 그는 처음 악기를 접했을 때의 느낌을 잊을 수 없었다. 이렇게 단순하게 생긴 악기로 어떻게 복잡한 악보를 소화할 수 있단 말인가. 어떻게 음을 조절하는지 알 수 없었다. 피아노는 건반마다 해당하는 음이 있다. 현악기에는 줄이 달렸다. 다른 목관 악기들, 클라리넷이나 오보에, 피콜로를 보더라도 각 음에 해당하는 버튼이 여러 개 달려 있다. 그런데 트럼펫에는 세 개뿐이다. 당연한 말이지만 트럼펫은 세 개의 버튼으로 모든 음을 커버할 수 있다. 그것은 연주자의 호흡과 입술 진동의 강약 조절로 가능하다. 고음에는 많은 호흡과 더 미세한 진동이 필요하다. 마찬가지로 저음에는 부드러운 발성이 요구된다.

몸이 곧 악기가 되는 셈이다. 그는 그 말이 마음에 들었다.

인문계 고등학교에 진학한 그는 오랫동안 트럼펫을 접하지 못했다. 아쉽다는 생각은 없었다. 트럼펫은 그가 유년 시절을 추억할 때 어김없이 등장하는 좋은 소재가 되었다. 그가 다시 트럼펫을 떠올린 것은 군에 입대한 뒤의 일이다. 102보충대 신병훈련소 마지막 날 그는 다른 훈련병들과 함께 퇴소식을 위해 강당으로 이동했다. 이제 자대 배치만 받으면 진짜 군 생활이 시작된다. 대학생 시절 예비역 선배들이 들려주던 군 생활은 한 편의 무협지를 연상시켰다. 그는 믿지 않았지만 두려웠다. 그리고 자신의 두려움을 믿게 되었다.

강당은 어수선했다. 줄을 맞추라는 조교들의 고함 소리가 그치지 않았다. 이윽고 퇴소식을 시작한다는 마이크 음성과 함께 실내에는 긴장감이 감돌았다. 그때 한 무리의 군인들이 강당 뒤편에서부터 대열을 맞춰 걸어왔다. 군악대였다. 후줄근한 훈련병들 사이에서 군악대의 제복은 단연 돋보였다. 바지 선은 반듯하게 잡혀 있고 가슴에는 군악대를 상징하는 금빛 브로치가 반짝였다. 어깨에 달린 여러 가닥의 수술이 절도 있는 움직임을 따라 흔들렸다. 마침 그는 대열 가장자리에 있어 군악대 옆에 서게 되었다. 그리고 그의 곁에는 트럼펫을 든 군인이 자리했다. 가슴이 뛰었다. 잠시 정적이 흐른 뒤 대열 앞에 서 있던 군악대장이 사회자의 사인을 받았다. 지휘봉이 올라갔다. 그와 함께 여러 대의 금관 악기들이 일제히 고개를 들었다.

퇴소식이 끝나고 그는 군악대에 지원했다. 평소 남들 앞에 나서는 걸 꺼리는 그의 성격으로서는 특이한 일이었다. 트럼펫 경험이 있다는 말에 선임은 군말 없이 그를 차출했다.

지금쯤이면 충분하다는 생각으로 그는 다시 한 번 튜닝 슬라이드를 밀어 본다. 밀린다. 눈에 보이지는 않지만 분명히 움직이는 느낌이 든다. 그는 관이 구부러지지 않을 만큼만 좀 더 힘을 주어 다시 슬라이드를 밀어 본다. 마침내 조금씩 틈이 벌어지며 슬라이드가 밖으로 움직이기 시작한다. 드러난 슬라이드 표면에는 군데군데 초록색 이끼가 보이고 붉게 녹슨 부분도 있다. 연주자의 호흡과 함께 침이 제일 먼저 닿는 곳이니 그럴 법하다. 그래서 연주가 끝난 다음에는 항상 침을 빼고 청소를 해 줘야 한다. 그는 마지막으로 트럼펫을 연주한 기억을 떠올려 본다. 기억은 정확하지 않다. 그는 슬라이드를 완전히 분리해 낸 뒤 상처 위에 약을 바르듯 관 표면에 꼼꼼히 크림을 바른다.

이번엔 버튼이 뻑뻑하다. 스프링 문제는 아닐 것이다. 그는 밸브를 돌려 세 개의 피스톤을 차례로 꺼낸다. 각각의 피스톤에는 저마다 다른 위치에 구멍이 뚫려 있다. 버튼을 누를 때마다 피스톤이 아래위로 움직이며 공기의 흐름을 바꾼다. 공기가 흘러갈 방향을 결정한다. 그 차이에 따라 음이 결정된다. 그는 피스톤을 하나씩 꺼내 물기를 제거한 후 오일을 바른다. 오일은 피스톤이 움직이는 데 필요한 윤활유 역할을 할 것이다. 밸브를 돌려 피스톤을 결합한 뒤 버튼을 눌러 본다. 피스톤이 관의 내벽을 타고 매끄럽게 움직인다. 손끝으로 스프링의 탄성이 경쾌하게 전달된다. 조그마한 새가 짧은 포물선을 그리며 날아간다.

군악대 생활은 쉽지 않았다. 화려해 보이는 겉

모습 이면에는 고된 내무 생활이 기다리고 있었다. 일과 시간이 끝나면 항상 악보를 필사했다. 침상에 앉아 오선지에 악보를 베껴 그렸다. 한 시간쯤 지나면 다리에 쥐가 났다. 허리가 아파 잠깐 동안 제대로 걷지 못했다. 하지만 그는 내색하지 않았다.

누군가 선임의 심기를 건드린 날은 모두가 방독면을 쓰고 청소를 해야 했다. 폐활량을 키운다는 명목이었다. 숨이 턱 끝까지 차올라 방독면 창이 부옇게 흐려졌다. 그때마다 죽음을 목전에 둔 짐승처럼 그의 폐는 신선한 공기를 갈구했다. 무언가 그의 목젖을 긁는 느낌이 들었다. 헛구역질이 일었다. 그가 선임이 되던 날, 그는 방독면을 군장 깊숙이 넣고 전역할 때까지 꺼내지 않았다.

일과 시간에 연습하는 곡은 대부분 의식곡이나 행진곡이었다. 「국기에 대한 경례」 「묵념」 「사단가」 등을 암기할 때까지 수백 번 연습했다. 트럼펫은 버튼이 세 개뿐이라 운지법이 까다로웠다. 겹치는 포지션이 많았다. 취침 시간이면 그는 누에고치 같은 침낭 속에 몸을 넣고 배 위에 오른손을 올렸다. 손가락을 움직이며 일과 시간에 연습한 곡의 운지법을 복기했다. 군 생활을 통틀어 그 시간이 가장 좋았다. 좁은 침낭은 그의 체온으로 훈훈해진다. 누구의 통제나 간섭도 없다. 복종해야 할 지시도 없다. 수많은 곡들의 멜로디를 손가락으로 짚어갈 때면 어느새 자신이 화려한 무대에 선 독주자가 된 듯했다. 핀 조명 아래에 선 그는 객석이 보이지 않는다. 모두가 숨을 죽인 채 그의 연주를 기다린다. 그의 손가락은 오선지 위의 음표들을 거침없이 짚으며 움직인다. 고음 파트에서는 배에 힘이 들어가고 목이 붉어진다. 박자가 빨라지거나 변주가 이뤄지는 파트를 거뜬하게 소화한다. 싱커페이션의 경쾌한 리듬감을 놓치지 않는다. 한 곡이 끝날 때마다 무언의 청중들은 격려를 담은 눈빛을 보냈다. 그는 만족스러운 미소를 띠고 품위 있게 답례했다.

마칭 행사가 잡힌 날에는 「아리랑 목동」 「라데츠키 행진곡」 「성조기여 영원하라」 같은 곡을 연습했다. 마칭은 대열을 맞춰 행진하면서 행진곡을 연주해야 하는 만큼 체력 소모가 많다. 특히 겨울에 진행하는 마칭 행사는 고역이었다. 제복 바지에는 주머니가 없다. 그는 행사 시작 직전까지 마우스피스를 손에 쥐고 그 안에 입김을 불었다. 군악대장의 지휘 아래 행진이 시작되었다. 겨울바람은 차갑고 길었다. 얼굴이 따끔거렸다. 이런 날은 연주 중 나오는 침이 고이면서 마우스피스에 입술이 얼어붙기도 했다.

그는 행진을 하던 중 어느 순간부터 고음 파트에 소리가 비는 것을 느꼈다. 같은 라인에서 행진하는 선임이 악기를 든 채 마우스피스에서 입술을 떼고 있었다. 트럼펫은 많은 곡에서 주요 멜로디를 담당하고 곡을 이끌어 가는 역할을 하는 터라 소리가 비면 금세 티가 났다. 지휘하던 대장의 눈빛이 변했다. 그는 선임의 몫까지 더해 힘껏 악기를 불었다. 하지만 음이 빗나가면서 오히려 잡음 섞인소리가 크게 나왔다. 그는 당황한 나머지 앞사람과 부딪칠 뻔했다. 부대로 복귀한 뒤 그는 다시 방독면을 써야 했다.

주말이면 대부분의 사병에게 자유 시간이 주어진다. 그는 빈 합주실을 찾아 홈멜의 「트럼펫 콘체르토」나 「아랑페즈 협주곡」의 악보를 구해 혼자 연습하곤 했다. 합주실은 넓었고 트럼펫 소리는 빈공간을 울림판 삼아 아주 멀리까지 퍼졌다. 소리의여운과 함께 어둠이 내려앉았다. 연습을 마치고 내무실로 돌아가면 후임들이 소감을 전했다. 전역이 얼마 남지 않았다.

　학교에 복학한 뒤 그는 친한 후배의 주선으로 한 여학생을 소개받았다. 시내 커피숍에서 만난 그들은 서로 마주 앉아 있었지만 시선은 자주 빗나가 엉뚱한 곳을 보게 되었다. 무슨 말이든 해야 했다. 그녀는 수줍은 미소로 답했다. 고개를 숙일 때 검은 단발머리 사이로 보이는 이마가 예뻤다. 시 외곽에 사는 그녀는 자동차를 운전해 학교를 다녔다. 부모님이 마련해 준 것이다. 그는 학교 근처에 자취방을 구했다. 그녀의 자동차에는 다른 남자가 타는 일이 많았다.

　만난 지 100일째 되는 날, 그는 그녀가 운전하는 차를 타고 교외로 향했다. 선물이 있다는 그의 말에 그녀는 유난히 들떠 있었다. 시내를 벗어나 지방 도로로 접어들자 그는 적당한 곳에 차를 세워 달라 했다. 그리고 뒷좌석에 놓았던 트럼펫 케이스를 들고 밖으로 나섰다. 전역 후 그는 악기 상점을 찾아 트럼펫을 구입했다. 학생 신분으로 지불하기에 부담스러운 액수였다. 하지만 검은 눈동자를 닮은 케이스의 광택과 매끈하게 빛나는 트럼펫의 모습에서 눈을 뗄 수 없었다. 그는 그녀를 앞에 두고 하이든의 「트럼펫 협주곡」 3악장을 연주하기 시작했다. 군악대 시절부터 줄곧 연습해 오던 곡이었다. 공기는 깨끗하게 닦인 유리처럼 악기 소리를 빛나게 했다. 그는 연주하는 내내 자신의 호흡과 함께 울리고 있는 악기를 양손으로 붙잡았다. 그리고 물무늬처럼 퍼져 가는 음악의 테두리를 상상했다.

그녀는 그를 이상한 사람이라고 생각했다. 날씨가 꽤 추워졌다. 그녀는 어서 돌아가 따뜻한 코코아를 머그잔에 따라 두 손으로 그 온기를 느끼고 싶었다. 차 문을 열고 나올 때부터 코끝이 시큰했다. 왜 이런 데까지 나오려고 하는지 이해할 수 없었다. 게다가 처음 보는 저 악기에서는 괴상한 쇳소리가 난다. 아무튼 이상한 사람이다. 그녀는 생각했지만 애써 표정에 드러내지는 않았다. 그는 두 곡을 준비했다. 첫 곡이 끝나고 그녀의 눈치를 살폈다. 그녀는 입김을 불던 손으로 박수를 쳤다. 그러고는 상기된 목소리로 그만 돌아가자고 했다. 그는 망설였다. 아직 한 곡이 남았는데…… 하지만 자신의 팔에 감긴 그녀의 손이 이끄는 대로 걸음을 옮겼다. 그는 악기를 케이스에 넣고 차에 올랐다. 다음에 또 하면 되지. 그는 첫 곡을 연주할 때 살짝 음 이탈이 났던 부분이 신경 쓰였다. 다음에는 좀 더 잘해야겠다. 하지만 다음 기회는 없었다. 몇 달 뒤 동기들을 통해 그녀가 다른 과 선배와 사귄다는 소문을 들었다. 그는 믿지 않았다. 얼마나 많은 소문들이 당사자의 입장과 무관하게 만들어졌던가. 본래 단순하던 사실이 소문의 자장에 이끌려 부풀고 변해 가는 광경을 그는 수없이 목격했다. 사실을 확인하자. 그러기 위해서 우선 그녀를 만나야 했다. 그녀는 연락을 피했다. 대신 그 선배가 찾아왔다. 소문은 사실이었다. 그는 묻고 싶었다.

질문을 거부하는 종교처럼 그녀는 침묵했다.

종강 파티가 마무리될 무렵 그는 거칠게 취했다. 여러 동기들의 손에 이끌려 그는 간신히 자취방에 도착했다. 얼마나 지났을까. 그는 문득 눈을 떴다. 그리고 방바닥에 엎드려 있는 자신을 발견했다. 옷에서 흙냄새가 났다. 창밖은 어두웠다. 시곗바늘은 이제 막 1시를 지나고 있었다. 아주 잠깐이지만 그의 정신은 새벽 공기처럼 맑아졌다. 눈을 깜박일수록 더 깨끗해졌다. 이대로 책상에 앉아 전공 교재를 펼쳐도 문제없을 것 같았다. 그는 몸을 일으켜 바닥에 앉았다. 그리고 하나의 생각에 집중했다. 두 번째 곡을 부르자. 그는 케이스에서 트럼펫을 꺼내 들고 밖으로 나섰다. 발걸음은 자취방이 모여 있는 주택가를 지나 작은 어린이 공원에 닿았다. 정글짐과 그네를 지나, 그는 미끄럼틀 위로 올랐다. 그리고 쳇 베이커의 「마이 퍼니 발렌타인」을 연주하기 시작했다. 목이 따끔거렸다. 손이 떨리는 바람에 다른 음을 짚었고 부은 입술로는 깨끗한 음을 낼 수 없었다. 차라리 소음에 가까웠다. 그도 알고 있었다. 하지만 멈출 수 없었다. 어느 빌라 창문이 열리며 누군가 소리를 질렀다. 잘 들리지 않았다. 그 선배라고 생각했다. 뻔뻔하고 무례한, 망할 자식. 선배는 계속 소리를 질렀다. 그럴수록 트럼펫에서는 더 큰 소리가 났다. 그는 연주를 멈추지 않았다. 인정하고 싶지 않았다. 악기에서 나온 소리는 누에고치처럼 그의 몸을 감싸고 있었다.

슬리퍼를 신고 나온 남자는 미끄럼틀에서 내려오던 그의 멱살을 잡고 흔들었다. 얼굴을 확인할 새도 없이 그의 명치로 묵직한 주먹이 꽂혔다. 숨이 멎고 정신이 아득해졌다. 다리에 힘이 풀리며 무릎이 굽혀졌다. 그는 제자리에 주저앉았다. 남자의 슬리퍼가 눈에 들어왔다. 남자는 모래를 움켜쥐듯 그의 머리칼을 잡아챘다. 악기를 미처 케이스에 넣지 못했다. 그는 두 손으로 트럼펫을 감쌌다. 남자의 오른손이 뺨 위로 날아들었다.

남자는 마지막으로 바닥에 침을 뱉고 돌아섰다. 그는 어린이 공원 모래밭에 등을 대고 누웠다. 그는 잠들면 안 되는데 하고 생각했다. 달이 창백한 밤이었다.

세 개의 밸브 슬라이드 가운데 2번 밸브 슬라이드가 빠지지 않았다. 특별히 중요한 부분이 아니다. 연주에 쓰이지도 않는다. 그는 약속 시간을 떠올리며 잠시 고민했다.

손질이 끝난 악기를 케이스에 넣었다. 클리닝 키트도 함께 챙겼다. 약속 시간에 맞춰 도착하려면 지금 출발해야 한다. 아내에게 전화를 걸었다. 저녁 식사를 함께할 생각이었다. 그녀는 미용실에 있다고 했다. 이후에는 친구들과 약속이 있다. 저녁은 같이 못하겠다. 그는 아내의 메시지를 읽고 집을 나섰다. 엘리베이터를 기다리는 동안 케이스가 좀 더 무거워졌다는 생각을 했다.

아내는 소개팅으로 만났다. 웃음이 선한 여자였다. 웃을 때 앞니 사이가 약간 벌어져 보였다. 그는 개의치 않았다. 그녀는 상식적인 일에 상식적인 반응을 보이는 여자였다. 그리고 무엇보다 배려심이 많았다. 작은 공원에서 그가 청혼했을 때 그것이 그에게 얼마나 어렵고 힘든 일이었는지 그녀는 느꼈다. 그녀는 잔돈을 헤아리는 사람처럼 잠깐 사이를 둔 뒤 그의 손을 잡았다.

결혼식장에서 그는 사라 맥라클란의 「돈 노우 와이」를 연주했다. 긴장한 탓인지 바이브레이션이 어색하게 들렸다. 그는 천장에 달린 샹들리에 불빛을 바라보며 겨우 연주를 마칠 수 있었다. 그가 트럼펫을 연주한 것은 그때가 마지막이었다.

약속 장소에는 앳된 남자가 나와 있었다. 대학교 2학년이라고 했다. 군 입대를 앞두고 있고 군악대에 지원할 생각이라고 했다. 남자는 들떠 있었다. 그는 대꾸하지 않았다. 대신 남자가 건넨 봉투를 받아 자신의 코트 안쪽 주머니에 넣었다. 따로 세어 보진 않았다. 사전에 합의된 액수일 것이다. 아내는 세탁기를 바꾸고 싶어 했다. 중고 사이트에

판매 글을 올렸다. 반나절 만에 연락이 왔다. 그는 바로 답장을 했다. 상대방은 가격을 조금 낮춰 주기를 바랐다. 그는 알겠다고 했다. 서로의 위치에서 중간 지점을 약속 장소로 정했다. 세 개의 지하철 노선이 겹치는 환승역이었다.

그는 손을 뻗어 대학생에게 케이스를 건넸다. 대학생은 케이스를 바닥에 놓더니 걸쇠를 풀었다. 안에는 낮 동안 그가 손질한 트럼펫이 들어 있었다. 마지막 모습 그대로다. 대학생은 신기하다는 듯 트럼펫을 들어 세 개의 버튼을 눌러 보고 말끔하게 닦인 벨 부분에 자신의 얼굴을 비춰 보았다. 튜닝 슬라이드를 넣었다 빼고 마우스피스를 살펴봤다. 초등학교 시절 그의 모습을 보는 듯했다. 대학생은 그에게 간단한 시범을 부탁했다. 소리를 듣고 싶은 모양이었다. 그는 망설였다.

"소리는 깨끗하게 납니다. 여기서 불기는 어렵겠네요. 소리가 워낙 크니까요."

"아, 그런가요?"

대학생은 이내 수긍했다.

그는 행운을 빈다는 말을 전했다. 대학생은 고개를 숙여 인사하고는 돌아갔다. 두 사람은 각자 등을 돌린 채 헤어졌다. 그는 2번 밸브 슬라이드가 빠지지 않는다는 말을 하지 않았다.

그는 지하철 환승 통로를 통해 밖으로 나갈 생각이었다. 통로는 길었다. 다양한 상가 점포와 휴게소, 화장실, 역무원실, 그리고 높고 낮은 계단이 끝없이 이어졌다. 그는 계속 걸었다. 코너를 도는 순간 환승 통로가 미세하게 흔들렸다. 걸음을 멈췄다. 지하철이 들어오고 있다는 안내 문구가 전광판에 깜빡이고 있었다. 바람이 불었다. 머리칼을 흔들 정도로 강한 바람이었다. 그는 고개를 돌리고 눈을 감았다. 그리고 바람이 지나가기를 기다렸다.

지하철이 멈추고 문이 열렸다. 많은 사람들이 내리고 또 많은 사람들이 지하철에 올랐다. 안내 방송과 함께 문이 닫혔다. 소리는 사라졌다.

그는 출구 방향을 가리키는 화살표를 따라 걸음을 옮기기 시작했다.

무지카(Musica)

나는 당신의 바깥이었을까. 지금 생각해 본다. 생각만으로는 부족하다. 나는 당신의 외계였을까. 발음을 통해 소리 내고 싶다. 그 소리에 실려 당신의 귀로 들어가고 싶다. 나는 몸이 없다. 소리를 낼 수 없다. 나는 너무 오랫동안 침묵 속에 살았다. 망각이 내 편이었다. 하지만 지금 나는 당신에게 묻고 있다.

돌아가는 당신을 보고 있다. 몸이 없는 나는 따라갈 수 없다. 붙잡을 수 없다. 당신은 멀어진다. 더디지만 확실하게 멀어지고 있다. 세상의 어떤 장애물도 당신을 막을 수 없다. 목적지는 정해졌다. 당신은 평소와 다름없는 걸음으로 걸어간다. 그리고 곧 사라질 것이다. 보이지 않을 것이다.

지금 지하철이 들어온다. 공간이 흔들린다. 그 틈새로 바람이 분다. 덕분에 나는 잠시 몸을 얻는다. 당신은 걸음을 멈춘다. 당신은 듣고 있겠지. 나는 잠시 몸을 얻었다.

이제 당신은 없다.
어디에서도 찾을 수 없다.
깊은 잠이 찾아왔다. 나는 거부하지 않았다.

오늘 나는 오롯한 한기를 느꼈다. 그것은 뚜렷한 전조. 어떤 불행의 확률을 예감하는 신호 같은 것이었다. 그 신호가 그치기를 바랐다.

당신은 아파트 복도를 걸어가기 전에 잠시 걸음을 멈추고 먼 곳을 바라봤다. 그리고 아무 일도 없었다는 듯 걸음을 옮겼다. 이내 익숙한 구두 굽 소리가 마음을 편하게 했다. 이것은 당신의 발소리. 당신은 지금 복도를 걸어가고 있고 발걸음은 정확히 당신 다리의 길이와 일치한다. 불안한 나는 내가 확신하는 것만을 생각했다.

나는 악보에서 태어났다. 또한 모든 소리의 조합으로 나타났다고 할 수도 있다. 하지만 나는 여기에 있으며 또한 어디에도 없다. 당신이 기억하는 순간을 함께한다는 의미에서 그렇고, 당신이 나를 망각하고 있는 대부분의 시간에서 그렇다.

귀는 뇌로 가는 가장 섬세한 통로다. 나는 이 문장을 가장 좋아한다. 당신도 이 문장을 좋아한다. 나는 당신의 숨으로 세상에 태어났다. 그러니 우리는 많은 생각을 공유한다.

나는 당신에게 많은 이야기를 하고 싶다.

소리는 공기의 떨림이다. 떨림으로부터 모든 것이 시작된다. 가령, 당신이 이렇게 앉아 있는 동안에도 몸 어딘가에서는 무언가가 떨리고 있다. 그러면서 그 무언가는 끊임없이 또 다른 무언가를 생산해 내고 있다.

이곳에 있던 공기가 다른 곳으로 이동한다. 폐에 있던 공기가 굴곡이 있는 관을 타고 움직인다. 공기에 탄력과 형태를 부여한다. 소리는 마지막에 탄생한다.

나는 잠시 이 악기에 머물렀다. 관을 빠져 나오는 바람에 소리가 더해진다. 그 소리 안에는 당신의 긴 호흡이 함께 담겨 있다. 그것은 악기가 받아 내게 건네준 당신의 목소리일지도 모른다.

어느 날 당신은 한 여자를 소개받았다. 그녀는 단정하고 아름다웠다. 나는 그녀가 마음에 들었다.

당신은 나의 왕국이었다. 포근한 낮잠이었다. 기억나지 않는 꿈이었다.

매번 내가 눈을 감을 때 전선 위를 떠났던 새들이 다시 돌아올 거라 믿듯이.

거리는 사람들로 가득하지만 누구도 우리를 알아보지 못한다.

우리는 그런 날들을 살아왔다.

앞으로도 계속.

당신이 나를 기억하는 동안, 세상에는 계절이 바뀌지 못하고 날개를 끊은 새들이 계속 태어나겠지. 멋진 일이다.

앳된 얼굴의 아이가 텅 빈 합주실에 있다. 혼자 악보를 앞에 두고 앉아 있다. 악보 타이틀은 「시바의 여왕」. 하교 시간이 지난 학교는 적막하다. 아무것도 태어나지 않았다. 아이는 무릎에 악기를 눕혀 놓고 망설인다. 바로 앞에 의식이 만들어 낸 두터운 커튼이 드리워져 있다. 아이는 그 너머를 알지 못한다. 자신이 알지 못하는 세계가 손 닿을 거리에 있다.

한참을 망설이던 아이는 악기에 입술을 대고 숨을 크게 들이마신다. 그리고 첫 음을 낸다. 그 소리는 벨을 타고 흘러나와 바닥을 치고 공간을 흔든다. 수만 마리의 새들이 한꺼번에 날아오르듯 이곳은 순식간에 충만해진다. 아이는 눈을 감은 채 무릎 위에 손을 얹고 가만히 기다린다. 무엇을 기다리는 걸까. 소리의 여운이 가라앉으며 고요로 수렴하고 있다.

그 가운데서 나는 눈을 뜬다.

애플 시드

난쟁이가 찾아왔다.

아스피린이 떨어진 휴일 아침이었다. 난쟁이는
한 손에 빨간색 캐리어를 들고 있었다. 둘은 크기
가 비슷했다. 나는 반쯤 열린 현관문 손잡이를 잡
고 있었다. 잠이 덜 깬 눈으로 그를 알아보기까지
시간이 걸렸다. 그는 실크 셔츠 위에 초록색 베스
트를 걸치고 있었다. 모직 바지 밑으로 검은색 구
두코가 유난히 반짝였다. 내가 출입문에서 비켜서
지 않자 그는 발꿈치를 세워 다시 한 번 초인종을
눌렀다. 여운이 긴 종소리가 관자놀이에 꽂혔다.

나도 모르게 왼쪽 눈을 질끈 감았다.

어안 렌즈를 제대로 확인 못한 잘못이다. 전날 술자리를 마치고 돌아와 또 마신 맥주가 과했던 것이다. 하지만 일단 일이 벌어지고 난 뒤에는 무엇이든 쓸모가 없다.

난쟁이가 들어왔다.

캐리어는 탐스러운 붉은 빛을 뿜내며 거실 한가운데를 차지했다. 난쟁이는 바닥에 주저앉아 짧은 종아리를 주무르며 중얼거렸다. 몸을 웅크리고 있으니 더 작아 보였다. 등을 돌린 채 식탁에서 물을 마셨다. 헛기침이 나왔다. 입안에 묽은 가래가 고였다. 이불을 털어야겠다. 날씨는 좋았다. 벽에 걸린 10월 달력에는 6일 날짜에 빨간색 동그라미가 쳐져 있다. 공과금 납부일, 기념일, 약속된 모임 날짜, 부모님이 올라오시는 날. 메모해 놓지 않은 탓에 알 수 없었다. 기억나지 않는 기념일을 생각하며 소파에 앉았다. 며칠 전 장만한 가죽 소파 한쪽이 부드럽게 내 무게를 받았다. 어느새 소파 위에는 캐리어가 놓여 있었다. 난쟁이는 보이지 않았다. 주위를 훑어보았다. 그는 냉장고 문을 활짝 열어 놓은 채 안을 들여다보고 있었다.

"여기 사과 농장을 차린 건가?"

그가 냉장고 안으로 상반신을 넣은 채 말했다. 냉장고에는 마트에서 배달시킨 사과 박스가 들어 있었다. 그는 손에 사과 한 알을 들고 나에게 허락을 구하는 듯한 눈짓을 보냈다. 하루가 아주 길어질 것 같았다.

난쟁이는 사과를 좋아했다.

"미안하지만, 지금 좀 피곤해. 어제 잠도 제대로 못 잤고."

내가 말했다.

난쟁이는 내가 말을 마쳤다는 걸 확인하고는 마침표를 찍듯 사과를 한 입 베어 물었다. 이빨이 작은 탓에 갉아 먹는 것처럼 보였다. 작은 이빨이 사과 속으로 사라졌다. 사과에서 흘러나온 과즙이 짧은 손가락을 타고 소매로 흘렀다. 난쟁이는 손에 묻은 사과즙을 입고 있는 초록색 베스트에 닦았다. 밤색 모직 바지에 닦았다. 그리고 걸어와 내가 앉아 있는 소파에 닦았다. 난쟁이의 짧은 손가락이 길게 늘어나 보였다. 새벽녘에야 겨우 잠들었지만 난쟁이를 거실에 두고 다시 잘 수는 없다. 그는 이 방 저 방을 기웃거리며 돌아갈 생각을 하지 않았다.

세탁기 안으로 빨랫감을 쏟아붓고 있을 때 난쟁이가 내 바지춤을 잡아당겼다.

"관심 없어."

바지를 끌어 올리며 내가 말했다.

전원 버튼을 누르자 세제와 섞인 물이 쏟아졌다. 손바닥으로 온도를 가늠해 보고 뚜껑을 닫았다. 날씨는 여전히 좋았다. 방으로 들어가 서랍에서 비타민 한 알을 꺼냈다. 난쟁이는 점심을 먹고 나서 돌아갔다.

베란다 창을 열다가 소파 위에 놓인 캐리어를 발견했다. 그는 캐리어를 놓고 갔다. 맡겨 놓겠다는 말이 없었으니 조만간 다시 올 것이다. 나는 캐리어를 한번 흔들어 보고 베란다 창을 닫았다. 건조대에 널려 있는 빨래가 한 방향으로 움직이다가 멈췄다. 그리고 오랫동안 움직이지 않았다.

걷어온 빨래는 가장자리까지 완벽하게 말라 있었다. 볼에 대어 보니 갓 구운 식빵 생각이 났다. 창 너머 쌀 익는 냄새가 풍겨 왔다. 생선 굽는 냄새도 섞여 있었다. 나는 책상에 앉아 저녁을 먹었다. 어디선가 새 울음소리가 길게 났다. 밥을 씹으면서 왠지 그 새는 긴 목을 가지고 있을 거라 생각했다. 나는 고개를 들고 입안에 든 음식을 천천히 삼켰다.

불을 껐다. 방문에서 침대까지 걸어가는 동안 발바닥에 모래 알갱이가 밟혔다. 잠옷으로 갈아입으면서 발바닥을 종아리에 비볐다. 휴대 전화를 들어 시간을 확인하고 머리맡에 놓았다. 문득 등이 간지러웠다. 어깨 너머로 손을 뻗어 긁었다. 나무의 뿌리는 자라면서 땅을 간지럽힌다는 글을 읽은 적 있다. 누군가 등에 작은 나무를 심어 놓은 것 같았다. 나무뿌리가 여러 갈래로 자라고 있었다. 간지러움이 가시자 곧 못 견디게 따가웠다. 나는 이리저리 자세를 바꿔 누웠다. 모로 누웠다가 다시 엎드리기를 몇 번 반복했다. 잠이 오지 않는 밤이었다.

자리에서 일어나 거실로 나갔다. 캐리어는 아침에 보았던 그대로다. 한 손으로 들어 보았다. 좀 더 가벼워진 것 같았다. 무릎 위에 올려놓았다. 캐리어는 비밀을 간직한 금서처럼 굳게 닫혀 있었다. 양손 엄지를 잠금장치로 가져다 댔다.

딸각.

뚜껑이 열렸다. 나도 모르게 주위를 살폈다. 익

숙한 소리는 들리지 않았다. 공기의 흐름이 만들어
내는 모호한 울림이 새벽 시간을 채우고 있었다.
그것은 마치 거대한 애벌레가 한 겹씩 주름을 만들
며 이동하는 소리 같았다. 창문은 가로등 빛을 넓
게 퍼트렸다. 눈을 감고 그 소리가 지나가기를 기다
렸다. 그리고 나는 양손으로 뚜껑을 들어 올렸다.

캐리어는 비어 있었다.

나는 그 속으로 들어갔다.

딸각. 딸각.

등 뒤로 뚜껑 닫히는 소리를 들었다. 잘못된 판
결을 내리는 의사봉처럼 찜찜한 기분이 들었다. 빛
이 사라지자 곧 어둠이었다. 사위는 거대한 복면을
뒤집어썼다. 나는 주먹을 꽉 쥐고 움츠렸다. 구체적
인 무언가를 쥐고 싶었지만 내가 잡을 수 있는 것
은 공포뿐이었다. 언제나 후회는 너무 늦게 찾아온
다. 나는 감각을 모두 열어 방향을 결정했다. 기준
이 필요하다. 보이지 않는 전방을 응시했다. 신중히
첫걸음을 떼었다. 걸음을 옮길 때마다 미끄러운 점
액질이 뒤꿈치에 달라붙었다. 공기는 축축하고 음
산했다. 오래된 창고, 그 안에서 삭아 가는 볏짚
냄새가 났다. 그것은 내 폐를 통해 혈관을 타고 퍼

져 나갔다. 숨을 아껴 쉬었다. 손바닥에 땀이 돋았다. 한참을 걸었지만 어떤 곳을 향해 가는 것인지, 다시 돌아가는 것인지 알 수 없었다.

잠시 멈춰 섰을 때, 말소리가 들렸다. 누군가 고함을 치고 있었고 때로 흐느끼는 소리도 들렸다. 고함치는 남자는 다른 누군가를 책망하는 듯했지만 정확한 의미는 알 수 없었다. 흐느끼는 쪽은 여자였다. 나는 망설였다. 하지만 이내 마음을 고쳐먹었다. 무엇보다 그것은 기준이다. 목소리가 들리는 쪽으로 걸음을 옮겼다. 방향이 정해지자 훨씬 수월했다. 이번엔 초인종이 울렸다. 여음은 길게 남았다. 나는 사라지려는 종소리의 끝을 좇아 고개를 돌렸다. 검지로 눈을 비볐다. 차츰 주위가 밝아졌다. 움직이고 있는 물체를 확인했다. 눈앞에는 개미가 기어가고 있었다. 연약한 더듬이 한 쌍을 연신 교차시켰다. 곤충은 마주하지 않으면 무섭지 않다. 나는 개미를 따라 걸었다. 그때 누군가 내 귀에 중얼거렸다.

"개미."

황급히 주위를 둘러보았다. 어느새 내 뒤에는 다른 개미의 행렬이 길게 이어져 있었다. 개미 뒤에

개미, 초인종의 긴 여음처럼.

나는 개미의 행렬이 되어 걸었다.

도착한 곳은 오래된 극장이었다. 지금은 보기 힘든, 어린 시절 부모님과 함께 찾곤 하던 낡고 오래된 극장. 매표소는 굳게 닫혀 있고, 그 옆으로 가장자리가 찢어진 영화 포스터가 바람에 흔들릴 뿐이었다. 적막이 감싸고 있는 극장은 사막의 휴게소를 연상시켰다.

회전문을 밀고 들어가자 넓은 홀이 나타났다. 천장 중앙에 샹들리에가 위태롭게 매달려 있었고 2층으로 올라가는 계단이 좌우로 하나씩 이어졌다. 사람은 보이지 않았다. 계단을 통해 2층으로 올라갔다. 벽에 달린 전등 안에서 희미한 불빛이 꺼질 듯 깜박였다. 난간을 짚을 때마다 먼지가 손에 따라붙었다. 커튼을 열고 상영관으로 들어섰다. 의자에는 붉은 벨벳이 씌워져 있었다. 자리에 앉자마자 실내의 조도가 부드럽게 낮아졌다. 곧이어 영사기를 통해 필름이 돌아갔다. 스크린 빛에 드러난 좌석은 대부분 비어 있었다. 나는 거대한 스크린에 시선을 고정시켰다. 누군가 뒤에서 발로 의자를 건드렸다. 난쟁이일지도 몰랐다.

#1 연약한 것은 결코 멸망하지 않으리

장례식에서 돌아온 남자가 제일 먼저 한 일은 가만히 앉아 있는 것이었다. 그것은 생각보다 어려운 일이었다. 어렵다기보다 어색한 일이었다. 남자는 왼쪽 가슴에 손바닥을 대고 눈을 감았다. 머릿속으로 심전도 그래프가 떠올랐다. 일렁이는 푸른 화면 속에서 그래프는 뿔처럼 돋았다 사라졌다. 소리는 무방비 상태인 남자의 몸을 쉽게 침범했다. 염소의 심장이 사람의 손안에서 멎는 것을 텔레비전에서 본 적이 있다. 히말라야에서는 염소를 죽일 때 사람이 직접 손으로 염소의 심장을 움켜쥔다. 염소는 다리가 묶인 채 바닥에 뒤집혀 있다. 화면 가장자리에서 칼이 등장한다. 칼을 든 손은 망설임 없이 염소의 가슴을 가른다. 몸속으로 칼이 들어오자 염소는 격렬하게 꿈틀거린다. 하지만 염소는 그 힘보다 더 강하게 묶여 있다. 벌어진 가슴 속으로 손이 들어간다. 염소는 움찔거리더니 이내 축 처진다. 다물지 못하는 주둥이 사이로 하얀 이빨이 보인다. 천장을 쳐다보는 눈알이 고정되어 있다. 계곡 사이를 뛰어다니던 뒷다리도 더 이상 움직이지 않는다. 시멘트 바닥에 닿은 뿔. 카메라는 염소의 뿔 한 쌍을 집요하게 비춘다. 우연히 보았던 텔레비전 속의 한 장면을 떠올리며 남자는 양손을 번갈아 쥐었다 편다. 그때마다 팔뚝의 근육이 꿈틀거린다. 빈손이지만 무언가 느껴진다. 손가락을 끌어당기는 근육이 그 어디쯤 있을 것이다. 팔에 핏줄이 솟는다. 이것은 어쩌면 내 기원으로 가는 지도일지 모른다. 그녀는 죽을 때 어떤 느낌이었을까. 남자가 생각을 이어갈 때쯤 초인종이 적막을 흔든다. 마음이 분주해진다. 초인종은 지금 문밖에 서있는 사람을 대신해 남자를 부르고 있다. 대답을 해야 할 것 같다. 누군가 대신해 주었으면 좋겠다. 초인종은 두 번 더 울리더니 굽 높은 하이힐 소리와 함께 옆집으로 옮겨 간다.

대기권을 돌파한 우주선은 미련 없이 연료통을 버린다. 마찰이 없는 무중력 공간으로 진입한다. 그렇게, 남자는, 어떤 간섭도 받고 싶지 않았다. 누구에게 영향을 주고 싶지도 않았다. 공룡이 멸종한 이유도 지구의 환경이 자꾸만 그들을 간섭한 것 때문이 아닐까. 혹은 그들이 너무 단단했기 때문에. 연약한 것은 결코 멸망하지 않으리라. 감았던 눈을 뜨며 남자는 다짐했다.

천장에 나방이 붙어 있다. 죽은 것이다. 오래되었다. 볼 때마다 여자는 짜증을 냈다. 가루가 날릴지 모른다고 했다. 그들은 그 밑에서 과일을 먹고, 신문을 보고, 섹스를 했다. 거실 창문 틈 사이로 바람이 들어온다. 나방이 떨어진다. 너무 짧은 순간이라 남자는 그 과정을 놓친다. 다시 고개를 들어 본다. 천장엔 나방의 윤곽이 희미하게 남아 있다. 남자는 바닥에 놓인 나방의 한쪽 날개를 손가락으로 집어 올린다. 화장실로 들어서서 문을 닫는다. 지금 그에게 필요한 것은 밀폐된 공간이라는 사실을 깨닫는다. 그리고 또 깨닫는다. 불면증은 병이다. 치료가 필요하다. 불면증이 모든 병과 다른 점은 지극히 개인적이라는 데 있다. 온전히 혼자 견뎌야 한다. 아픔을 호소할 수도, 위로받을 수도 없다. 밤마다 사소한 소리들이 그의 거울에 금이 가게 했다. 거울은 금이 갈 뿐 깨지는 법이 없었다. 그 속에서 그의 얼굴은 수없이 분할되었다. 잠을 자야 한다. 강박 관념은 차츰 강박과 관념으로 나뉘어져 서로 멀어졌다. 남자는 얼음이 녹아 물이 되는 장면을 반복해서 떠올렸다. 얼음을 생각해. 그녀의 조언은 간단했다. 표면에 물기가 돌면서 녹아 가는 얼음을 생각해. 바닥에 깔리면서 번져 가는 얼룩을 봐. 얼음은 점점 낮아지겠지. 너도 조금씩 시선을 낮추는 거야. 바닥에 고인 물은 흐르게 되어 있어. 따라가는 거야. 물이 흐르는 쪽으로. 다시 얼음이 생기면 어떡해? 걱정하지 마. 너는 그냥 얼음만 생각하는 거야. 반복이 중요해. 너에게는 의심하지 않는 반복이 필요해. 밤마다 남자는 얼음 한 조각을 입에 물고 침대에 누웠다. 손을 앞으로 모은다. 그제야 남자는 잡고 있던 나방을 변기에 버린다. 작은 파문과 함께 나방은 물 위에서 돈다. 나방의 몸에서 풀려난 가루들이 물 위로 번져 가고 있다. 그는 문을 열고 화장실에서 나온다.

개미가 기어간다. 나뭇결무늬로 된 거실 바닥. 베란다 블라인드를 뚫고 햇빛이 들어오고 있다.

"개미."

남자는 벗어 두었던 안경을 고쳐 쓰며 중얼거린다. 야채 트럭 확성기 소리가 가까워진다. 저녁때가 되었다. 배는 고프지 않았다. 남자는 다시 "개미"라고 말한다. 개미라는 단어를 발음해 볼 일이 얼마나 있을까. 남자는 바닥에 앉아 소파에 한쪽 팔을 걸친 채 기어가는 개미를 보고 있다. 애써 개미를 보고 있는 것이 아니라 남자의 시선이 닿는 지점에 우연히 개미가 끼어든 모양이다. 이 집에서 움직이고 있는 것은 벽시계 초침과 내 눈꺼풀과 저 개미뿐이군. 남자는 입안에 물고 있던 사탕을 손바닥에 뱉어 낸다. 공기가 닿자 사탕은 이내 거칠게 끈적거린다. 기어가는 개미 뒤로 다른 개미. 눈의 초점을 조금 뒤로 물리자 더 많은 개미가 보인다. 개미는 서로 일정한 간격을 둔 채 어딘가를 향해 기어가고 있다. 눈에 보이는 간격은 보이지 않는 페로몬이 만들어 낸 것이다. 일정한 것. 간격. 사람들에게는 타인과 구별되는 자기만의 공간이 있어야 한다. 여자는 남자와 손잡는 걸 좋아했다. 그때마다 남자는 여자를 안쪽으로 끌어당겼다. 여자를 만나는 동안은 불안하지 않았다.

곤충들은 모두 똑같이 생겼다. 그것은 혐오스러운 일이다. 혹은 무서운 일이다. 쇼핑을 할 때나 함께 식당에 있을 때 그들은 식당 주인이나 가게 점원들로부터 서로 닮았다는 말을 자주 들었다. 그때마다 여자는 고개를 돌린 채 얼굴을 붉혔고 남자는 그들의 상술이 불쾌했다. 남자와 여자의 얼굴은 비슷했다. 남자는 거울을 볼 때만 그 사실을 인정했다.

남자는 개미가 지나다니는 길에 뱉어 낸 사탕을 놓는다. 잠시 후 개미들이 하나둘씩 모여든다. 행렬은 끝없이 이어진다. 남자는 몸을 조금 움직인다. 검지를 구부려 손톱의 단단한 면으로 개미를 하나씩 누른다. 크래커 조각이 부서지는 소리가 난다. 일정한 간격으로 개미들은 바닥에 점자처럼 눌러붙는다. 점자는 신발장 밑으로 이어진다. 그쯤에서 장판은 조금 들려 있다. 남자는 바닥에 엎드린다. 중력이 분산된다. 심장 박동이 온몸으로 느껴진다. 남자는 손을 뻗어 장판의 가장자리를 들춰 본다. 졸음이 쏟아진다.

#2 사람에게든, 고양이에게든

담배가 없다. 남자는 들고 있던 라이터를 다시 주머니에 넣는다. 지갑을 챙겨 들고 집을 나선다. 엘리베이터 앞에 기다리는 사람이 있다. 남자는 계단을 선택한다. 계단참에서 한 무리의 고등학생이 창밖으로 고개를 내밀고 담배를 피우고 있다. 발소리에 일제히 고개를 돌린다. 남자는 걷던 속도를 늦추지 않는다. 무리 중 제일 작은 녀석이 주춤거리며 남자가 지나갈 자리를 만들어 준다. 남자는 계단으로 내려온 것을 후회했다. 아파트 현관에는 또 한 무리의 사람들이 엘리베이터를 기다리고 있었다. 구멍가게는 문을 닫았다. 근처에 다른 슈퍼에는 '휴가'라는 쪽지가 붙어 있다. 대로변 편의점까지 가기로 한다. 골목을 돌아 나올 때 남자는 한 손에 손전등을 든 여자아이와 마주친다. 여자아이는 누군가의 이름을 부르고 있다. 손전등으로 자동차 밑, 골목 구석에 쓰레기 봉지 사이를 비추면서 뛰듯이 걷고 있다. 그러다 남자를 발견하고는 걸음을 멈춘다.

"혹시 우리 고양이 못 보셨어요? 크기는 이만하구요. 흰색, 갈색, 검은색 이렇게 삼색이 섞인 고양인데요."

금방이라도 울 듯한 표정으로 남자의 얼굴을 살핀다. 남자는 여자아이가 너무 오랫동안 자신을 쳐다본다고 생각한다. 여자아이는 남자의 대답을 듣기 전까지 물러나지 않을 작정이다. 시선을 피하지 못하고 남자도 여자아이 얼굴을 쳐다본다. 그러다 고양이, 고양이, 라고 중얼거리면서 바지 주머니를 뒤적거린다. 잔돈과 담뱃재가 손바닥 위로 올라온다. 여자아이는 다시 이름을 부르며 잔걸음으로 멀어진다. 남자는 주변을 두리번거린다. 고양이에게 사람 이름을 붙이는 이유는 뭘까. 남자는 잔돈을 주머니 안으로 쓸어 넣고 손을 털어 담뱃재를 날린다. 좁은 골목을 빠져나온 바람이 남자의 바짓단을 휘감다가 멀어진다.

보름달이 떴다. 남자는 고개를 젖힌 채 입을 벌리고 서 있다. 아파트 위로 뜬 보름달은 우주인이 벗어 놓은 헬멧처럼 보인다. 인간은 언젠가 달에 갔다. 하지만 이제 달에 가지 않는다. 달은 끊임없이 지구 주위를 돌고 있지만 예전만큼 관심을 끌지는 못한다. 숨을 쉴 때마다 차가운 공기 끝에 솔잎 향기가 묻어 있다. 기분 좋은 공기다. 그리고 외출하기 좋은 날씨다. 사람에게든, 고양이에게든.

장례식장에 모인 사람들은 남자의 손을 잡고 비슷한 질문을 했다. 남자는 질문과 상관없이 비슷한 대답을 했다. 위로는 견디기 힘들었다. 그녀는 죽었다. 돌이킬 수 없다.

남자는 자판기 커피를 마시기 위해 천천히 고개

를 숙였다. 옆에는 빈 종이컵이 한 줄로 쌓여 있었다. 커피는 따뜻했지만 목을 지나면서 쓴맛이 남았다. 남자는 종이컵에 담긴 커피를 한 모금씩 몸속으로 옮겨 담았다. 종이컵이 비었다. 남자는 종이컵 위에 손바닥을 올리고 그 안에 담긴 원기둥을 떠올렸다. 보이지 않는 세계가 보이는 세계를 지탱한다. 남자는 종이컵을 구겨 쓰레기통으로 던졌다.

장례식은 3일 동안 치러졌다. 잠깐씩 병원 밖으로 나온 남자는 항상 같은 나무 아래에서 담배를 피웠다. 마지막 날, 나무의 잎은 모두 바닥으로 떨어져 낙엽이 되었다. 바람이 불면 앙상한 나뭇가지는 뼈가 시린 노인처럼 신음했다. 남자는 마지막 담배를 낙엽 사이로 던져 넣고 장지로 가는 차에 올랐다.

#3 대화의 질감을 떠올려 보았다

남자는 여전히 걷고 있다. 고가 도로 밑을 지나 다리를 건넜다. 고가 도로는 천변을 따라 길게 이어져 있었다. 불이 켜진 음식점 유리에 적힌 메뉴를 천천히 다 읽었다. 손님과 눈이 마주치기도 했다. 밤이 깊어지자 많은 사람이 네온사인 불빛 아래로 모여들었다. 남자는 고장 난 시계처럼 사람들 사이를 걸었다. 편의점에 들어서려다 그냥 지나쳤다. 사람이 너무 많았다. 두 번째 편의점에서는 점원이 밖에서 담배를 피우고 있었다. 망설이던 남자는 그곳을 지나쳤다.

은행과 경찰서가 마주 보고 있는 도로를 지나 버스 정류장에 도착했다. 정류장에는 나무 의자가 늘어서 있었다. 남자는 하나씩 손바닥으로 짚어 본 후 제일 마지막 자리에 앉았다.

휴대 전화에는 270명의 연락처가 저장되어 있었다. 누군가의 목소리가 필요하다. 그 목소리와 대화하고 싶다. 한 덩이의 찰흙을 반죽하듯, 남자는 대화의 질감을 떠올려 보았다. 휴대 전화에는 270개의 가능성이 있었다. 남자는 휴대 전화를 꺼내 주소록에서 아는 이름을 차례차례 지워 나갔다. 그녀의 이름에서 손이 멈췄다. 통화 버튼을 눌렀다. 수신할 사람이 없는 번호로 전파가 뻗어 나갔다. 신호음과 함께 몸 안에서 멈춰 있던 톱니바퀴가 다시 돌아가기 시작했다. 톱니바퀴의 인과성. 손목시계 안에서 1초의 움직임을 위해 존재하는 톱니바퀴들의 작은 톱니. 서로가 맞물리며 움직이는 정교한 세계. 그곳에서는 우연이란 말도, 예상치 못한 일도 없다.

"여보세요?"

한때 여자는 스토커에게 시달린 적이 있다. 전화를 받으면 낮은 한숨과 신음 소리가 들려왔다. 전화는 불규칙적으로 걸려 왔다. 생활이 점점 그 전화에 맞춰졌다. 화를 내기도 하고 조용히 타이르기도 했다. 상대는 무심하면서 집요했다. 그게 무서웠다. 어느 날 새벽 다시 전화가 걸려 왔다. 잠결에 전화를 끊은 여자는 휴대 전화를 냉동실에 집어넣었다. 덕분에 며칠 동안 남자의 전화도 받을 수 없었다. 집으로 찾아온 남자에게 그간의 사정을 얘기했다. 남자는 냉동실에서 휴대 전화를 꺼냈다. 성에가 낀 휴대 전화 안에는 그동안 남자가 남긴 몇 통의 음성 메시지가 들어 있었다. 남자의 목소리는 스토커의 목소리와 함께 봉인되어 있었다. 여자가 두 손 사이에 휴대 전화를 놓고 입김을 불었다. 남자는 자신이 남긴 음성 메시지의 내용이 기억나지 않았다.

"여보세요?"

그녀가 전화를 받았다. 그는 한참을 망설이다

말했다.

"……어때?"

"응, 괜찮아. 조금 지루해."

"그럴 줄 몰랐어?"

"달라질 건 없잖아."

"춥지 않아?"

"그런 거 몰라."

"그런가 봐."

"나방은 어떻게 됐어?"

"떨어졌어, 오늘. 아직 치우진 못했고."

"그렇구나."

"지금 어디야?"

"아직 잘 모르겠어."

"그때…… 어떤 기분이었어?"

"기억나지 않아."

"그래?"

"그래야 하지 않겠어?"

"다행이다."

"조금 아쉽기도 해."

"어제 네 꿈을 꿨어."

"불면증은?"

"네 말대로 얼음을 생각하고 있어."

"매일 밤?"

"매일 밤."

"반복은 힘이 세니까."

"지금 어디야?"

남자가 물었다.

"너는?"

여자가 물었다.

"아직 모르겠어."

남자는 거짓말을 했다.

남자는 주머니 속 동전을 만지작거렸다. 외출하기 좋은 날씨와 고양이를 생각했다. 두 개의 톱니바퀴는 잘 맞았다. 신호를 확인한 차들이 요란한 엔진 소리를 내며 출발했다. 남자는 의심하는 자신을 다독였다. 귀에서 휴대 전화를 떼어 내 가만히 들여다본다. 그리고 동전을 만지작거리던 손을 놓았다. 한밤중에 깨어나 화장실에서 팬티를 물에 적시던 기억이 났다. 중학생 때였다. 아랫도리에 축축한 기운을 느끼며 눈을 떴다. 낭패다. 화장실에서 팬티를 벗었다. 세숫대야에 담긴 팬티를 물에 비비면서 남자의 귀는 수치심으로 넓어졌다. 찰박찰박, 물 튀는 소리가 너무 컸다. 부모님이 계신 안방에서 기침 소리가 들렸다. 위층 아저씨가 변기에 오줌을 누고 방으로 돌아갔다. 물을 내리지 않았다. 신문 배달 오토바이가 아파트 초입으로 들어서고 있었다. 청소차가 거리에 물을 뿌리며 돌아다녔다. 남자는 세상의 모든 소리를 다 들을 수 있을 것 같았다. 처음으로 신이 있다고 믿었다. 신은 모든 기도를 다 들을 수 있다는데. 남자는 팬티를 헹구면서 신의 귀는 죄책감 때문에 넓어진 거라 생각했다.

문득 자신의 성기가 발기되어 있다는 것을 느꼈다. 버스 정류장 근처였다. 바지 앞섶이 팽팽해졌다. 오랜만이었다. 정차한 버스에서 한 무리의 사람이 내리기 시작했다. 남자가 한 걸음씩 움직일 때마다 사타구니에서 빨간 풍선이 팽창하는 것 같았다. 걸음을 멈추고 한쪽 무릎을 굽혀 제자리에 앉았다. 구두끈을 풀었다가 다시 묶었다. 사람들은 남자를 가운데 두고 양쪽으로 갈라졌다. 눈앞으로 수많은 종류의 구두가 지나갔다. 귀가 멍멍해졌다. 왼편으로는 상점 쇼윈도가 늘어서 있었다. 남자는 고개를 돌려 쇼윈도에 비친 자신의 얼굴을 보았다.

남자의 얼굴은 이빨이 드러나도록 웃고 있었다.

#4 그녀는 돌아누웠다

그녀의 가슴은 어린 스모 선수 같았다. 남자에게는 그렇게 보였다. 화장실 앞에서 브래지어를 푸는 여자를 보며 남자는 이빨을 드러낸 채 웃었다. 그녀는 화장실 문을 세게 닫았다. 찬장의 접시가 흔들렸다. 남자는 군만두를 먹으며 맥주를 마셨다. 그녀가 씻는 소리가 들렸다. 텔레비전에선 방금 어떤 사실을 전해 들은 드라마 주인공이 멍한 표정을 짓고 있었고, 카메라는 그 표정을 클로즈업했다. 남자는 만두를 씹으며 배우의 표정을 한동안 바라봤다. 표정 연기에는 충분한 시간이 필요한 것 같았다. 남자는 베란다 창에 비친 자신의 얼굴로 멍한 표정을 지어 봤다. 그리고 웃음으로 표정을 망가뜨렸다.

그녀는 오래 씻었다. 남자는 텔레비전을 끄고 베란다로 나갔다. 자정이 넘은 시간이었지만 아파트 아래 도로에는 차들이 많았다. 몇 개의 상가 건물을 지나, 호텔을 지나, 차들이 거침없이 달리는 고가 도로와 두 개의 교회를 지나 멀리 불이 켜진 그

녀의 자취방이 보였다. 남자는 화장실에서 나온 그
녀에게 불을 좀 *끄고* 다니라고 했다. 젖은 머리에
수건을 동여매면서 그녀는 텔레비전을 틀었다. 화
면에서는 주인공이 여전히 멍한 표정으로 그들을
바라보고 있었다. 여자는 남자가 남긴 만두를 집어
먹고 냉장고에서 맥주를 한 병 더 꺼내 왔다. 접시
에 노란 기름이 묻어 있었다. 열린 창으로 나방 한
마리가 날아들었다. 그리고 천장에 붙었다.

　남자는 침대에 누워 어린 스모 선수가 모래밭
위에서 허벅지를 두드리며 준비 운동하는 모습을
상상했다. 양 볼에는 살이 통통하게 올라 있다. 과
장되게 오른발을 높이 들면서 손으로 오른쪽 허벅
지를 때린다. 왼쪽도 마찬가지. 어린 스모 선수는
아직 상대할 파트너가 없어 며칠 동안 준비 운동만
했다. 쿵. 쿵. 발을 내려놓을 때마다 분홍빛 작은
가슴이 귀엽게 출렁인다. 샤워를 마친 그녀 몸에선
과일 향이 났다. 남자는 그녀를 안았다. 그녀는 생
리 중이라고 하며 돌아누웠다.

#5 일종의 충전지 같은

　그녀의 장례는 대학 병원에서 치러졌다. 총무과

에 근무하는 P가 도와주었다. 발인 날, 장지로 떠나는 버스를 기다리며 남자와 P는 계단에 앉아 있었다.

"빈 페트병이 된 거 같아."

남자가 말했다.

P는 남자의 말을 공허하다는 뜻으로 알아들었다.

"비가 온다고 했던가?"

P가 말했다.

남자는 자신의 종이컵 위에 P의 것을 포개 넣었다.

그들은 고교 동창이었다.

눈을 감으면 실루엣이 이어졌다. 비슷한 사람이 비슷한 말을 했다. 연기는 소리 없이 흩어졌다. 남자는 문득, 평소 자신이 기억하고 있는 것이 별로 없다는 생각이 들었다. 당연히 알고 있다고 여겼던 것도 누군가 물어 오면 확신을 갖고 대답할 수 없었다. 희미하게 기억나는 것도 있었고 아예 그렇지 않은 것도 있었다. 물론 기억나지 않는 것들은 그런 일을 기억하지 못한다는 사실조차 알 수 없었다. 내가 기억하지 못하는 무엇이 있다. 이런 생각이 항상 남자를 불안하게 했다. 고교 시절 또한 남자의 기억에서 사라진 부분이었다. 동창 P를 만나 얘기하기 전까지는 알지 못했던 사실이다. 어느 날 그들은 쉬는 시간에 끝말잇기를 했다고 한다. 둘 중에 누가 먼저 제의했는지는 몰랐다. 남자는 나름 책을 많이 읽었다고 자부하고 있었고 P는 당시 남자와 반에서 일이 등을 다투던 친구였다. P는 은 근히 자신의 어휘 실력을 자랑하는 듯했고 남자는 그것이 마음에 들지 않았다. 체육 시간이 끝나고 난 뒤 교실은 땀 냄새로 가득했다. 주번이 칠판지우개를 창밖에다 털었다. 두 손을 마주칠 때마다 하얀 분필 가루가 팡팡 피어났다. 누군가는 옆 반으로 교과서를 빌리러 가고 누군가는 체육복을 빌리러 왔다. 책상과 걸상을 바닥에 끄는 소리가 분주하게 들렸다. P와 남자는 책상 하나를 사이에 두고 마주 앉아 서로를 쳐다보았다. 각자의 머릿속에서 소설책과 국어사전이 펄럭이고 있었다. 나중에 P를 다시 만난 뒤 남자는 그때 누가 이겼는지 물어보았다. P는 기억하지 못했다.

"그러니까, 성욕은 일종의 충전지 같은 거지."

P가 맥주잔에서 입을 떼며 말했다. 더운 날이었다. 맥주잔을 들었다 놓을 때마다 P는 냅킨에 손을

닦았다. 술집 조명은 어두웠다. 벽에는 어느 여배우 얼굴이 거대한 흑백 사진으로 걸려 있었다. 남자는 여자와 만날 때면 종종 P를 그 가게로 부르곤 했다. 음악을 틀지 않는 것이 좋았다. 신청곡을 받기도 하지만 틀어 주는 것은 주인 마음대로였다. 셋은 그곳에서 술을 마시고 담배를 피웠다. 계산은 대부분 병원에서 근무하는 P가 했다. 테이블은 다섯 개밖에 없었는데 그들이 첫 손님이자 마지막 손님이 되곤 했다. 남자는 여자의 잔에 맥주를 채워 주었다. 잔을 기울일 때 가는 손목이 함께 기울어졌다.

"병원 생활은 어때?"

남자가 물었다.

"부자나 가난한 사람이나 죽을 때는 똑같아."

"경기가 끝나면 폰이나 킹이나 모두 같은 박스에 들어간다?"

P는 잔을 들어 그녀와 남자의 잔에 부딪쳤다. 그리고 담배에 불을 붙였다. 종업원이 다가와 재떨이를 바꿔 주었다. 남자가 무슨 말을 하려는 찰나에 P가 다시 입을 열었다. 남자는 소파에 등을 기댔다. 말을 마친 P는 화장실에 간다며 자리에서 일

어났다. 남자는 자리에서 일어나 그에게 길을 내주었다. 남자는 성욕과 충전지가 무슨 관련이 있는지 궁금했다.

#6 울고 있는 짐승의 숨이 전해졌다

남자는 생각했다. 나는 걷는다. 나는 지금 걷고 있다. 인간과 만나고 헤어지는 가장 기본적인 수단을 실천하고 있다. 그런 의식 없이는 한 발자국도 움직이기 힘들다. 적어도 아직까지는 무언가 할 일이 남아 있고 그로 인해 하나의 감정에 정체되어 있지 않다는 사실에 위안받았다. 어떤 소임을 부여받은 것처럼 매번 목적지를 정해 걸었다. 수많은 편의점과 빌딩, 상가 건물과 빌라촌을 지났다. 이마에 땀이 맺혔다. 주위를 살폈다. 처음 보는 거리였다. 가로수의 종이 달랐다. 거리에는 거대한 파스텔이 지나간 듯한 안개가 깔려 있었다. 낡은 가로수 잎이 겨울의 초대장처럼 발치에 떨어졌다. 가로수 잎을 주위 주먹을 쥐었다. 무심코 주머니를 더듬었다. 라이터가 잡혔다. 담배가 필요하다. 흡연에 대한 욕구가 맹렬하게 그를 휘감았다. 몸이 먼저어떤 욕구를 느낀다는 것. 외부 자극 없이 스스로 몸속에서 생산해 낸 욕망이 꿈틀대는 것을 느꼈다. 굶주림으로 난폭해진 짐승을 배 속에 가두고 있는 듯했다. 짐승은 목울대를 울리며 다가섰다. 몸집을 부풀리며 발톱을 세웠다. 눈에서 빛나는 살기가 남자를 옭아맸다. 짐승은 여자가 남긴 온갖 감정의 찌꺼기를 삼키기 시작했다. 살점이 떨어져 나가 생채기가 생기면 긴 혀로 흘러내리는 피를 받아 마셨다. 남자가 버리지 못했던 기억을 송곳니로 뜯어냈다. 짐승의 입안에서 육즙이 흘러나왔다. 어느 순간 짐승은 괴로운 듯 몸을 비틀기 시작했다. 바닥에 누워 발을 모았다. 경련을 일으켰다. 그러고는 머리부터 천천히 껍질을 벗기 시작했다. 점액질의 막을 뚫고 새로운 형태가 나타났다. 더 크고 진한 색이었다. 짐승이 남긴 껍질은 투명했다. 여자의 모습을 닮아 있었다. 여자는 잠들어 있었다. 남자가 기억하는 가장 편안한 모습이었다. 짐승은 자신이 남긴 껍질을 돌아보고는 그것 또한 남김없이 먹어 치웠다. 남자는 막을 수 없었다. 자리를 깨끗이 비우고 나자 짐승은 목을 길게 세우고는 큰소리로 울었다. 남자가 짐승의 머리에 손바닥을 얹었다. 울고 있는 짐승의 헐떡거림이 전해졌다. 목덜미로 손을 옮긴 뒤 가볍게 두드렸다.

　남자는 심호흡을 하고 멀리 보이는 편의점 불빛을 향해 걸음을 옮겼다.

　인도는 신호를 기다리는 사람들로 가득했다. 남자는 가까운 전신주에 몸을 기댔다. 오래 걸은 탓인지 다리가 저렸다. 이마를 짚었다. 손끝에 식은 땀이 묻어났다. 남자는 짧게 한숨을 쉬며 건너편 신호등을 바라봤다. 횡단보도 맞은편에 보라색 목도리를 한 여자가 있었다. 여자는 양손에 연신 입김을 불어 넣으며 제자리에서 발을 구르고 있다. 남자는 여자를 한참 동안 바라보았다. 차도 쪽 신호가 노란색으로 바뀌는 순간 여자는 횡단보도를 건너기 시작했다. 이른 감이 있었다. 속력을 내던 자동차가 여자를 발견하고 급정거했다. 브레이크 소리에 놀란 사람들이 일제히 물러났다. 여자는 비명을 지르며 주저앉았다. 자동차는 가까스로 여자 앞에서 멈춰 섰다. 손바닥으로 얼굴을 가린 여자가 고개를 들었다. 눈앞에 헤드라이트를 발견하더니 흐느끼듯 울기 시작했다. 사람들이 모여들었다. 운전자가 차에서 내렸다. 신호가 바뀌었는데도 늘어선 차들은 움직일 줄 몰랐다. 경적 소리가 먼 곳에서부터 이어지기 시작했다. 남자는 사람들을 헤치고 길을 건넜다. 바닥에는 스키드 마크가 길게 늘어져 있었다.

#7 미지의 유전(油田)을 찾는 열정적인 탐험가들처럼

단골 술집 벽에는 새로운 연예인 사진이 붙어 있었다. 담배는 쓰고 맥주는 차가웠다.

"오랜만에 오셨네요."

주인이 알은체하며 테이블에 맥주를 놓았다. P가 살짝 눈인사를 했다. 남자는 창밖으로 고개를 돌렸다. 거리를 지나는 사람들이 커다란 개미처럼 보였다. 개미들은 더듬이를 세워 술집과 노래방으로 움직이고 있었다. 남자는 손톱을 깨물었다.

P는 고교 시절 처음 경험했던 헌혈의 느낌을 화제로 올렸다.

"몸속에서 무언가 빠져나가면 내가 그만큼 정화된다고 생각한 적이 있었지."

P가 말했다.

"정화?"

"순수의 시대였으니까."

"그랬던가."

"그랬지."

그들은 오랜만에 공감했다.

"그날 학교로 찾아온 적십자 직원 설명을 듣고 우리는 단체 헌혈을 했지. 모두들 헌혈은 처음이라 교실은 흥분과 긴장으로 들뜬 분위기였지만 난 평소와 다름없이 수업 준비를 했어. 바늘이 몸속으로 들어오는 것쯤 아무렇지 않다고 생각했으니까.

차례를 기다리며 먼저 피를 뽑고 있는 애들을 봤어. 간이침대에 누워 팔 한쪽에 튜브를 꼽고 있더군. 아마 그날 저녁때쯤이었겠지. 밥을 먹고 교실로 돌아와 책을 보는데 갑자기 몸이 가려운 거야. 피부가 가려운 게 아니라 정확히 몸속이 간지러운 거였어. 마치 수많은 벌레들이 내 위장과 심장과 허파와, 아무튼 수많은 내장 기관에 붙어서 기어가고 있는 그런 느낌. 미지의 유전을 찾는 열정적인 탐험가들처럼.

그리고 어느 순간 몸 어딘가에서 무언가 꿈틀거리며 솟아나는 걸 느꼈어. 그것들은 처음엔 작은 버섯처럼 피어나더니 곧이어 거대한 흐름을 타고 내 몸 구석구석으로 퍼져 갔지."

남자는 시추선에서 시커먼 기름이 솟구치는 장면을 떠올렸다.

"그때 말이야. 내 안에서 무언가 새롭게 시작되고 있었던 거 같아. 이전과는 완전히 다른 무언가가 안에서부터 태어난다고 할까."

스스로 정화된다는 게 어떤 느낌일까? 남자는 체중 미달이라는 이유로 헌혈을 한 적이 없었다. 지금은 사정이 달랐다. 동창은 되도록 여자에 대한 얘기를 피했다. 카운터에 앉아 있던 주인은 주방 쪽으로 들어가 한동안 나오지 않았다. 난방이 되지 않은 실내에는 담배 연기가 두텁게 뭉쳐 있었다.

"조금 살이 찐 거 같아."

남자가 말했다.

"에너지의 가장 안정된 상태가 지방이야."

P가 말했다.

그들은 땅콩 껍질이 가득한 재떨이를 두 번 비웠다. 자리를 뜰 때까지 술집에 새로운 손님은 들어오지 않았다.

그들은 가까운 공원을 걸었다. 숨을 쉴 때마다 차가운 공기가 폐에 고이는 것 같았다. 바람은 없었다. 남자는 목 아래까지 코트 단추를 채웠다. 가로등 아래에서 잠시 담배를 피웠다. 서리에 덮인 벤치는 어떤 신념보다 단단해 보였다. 입김을 느리게 뱉어 냈다. 바람이 없었으므로 입김은 얼굴 앞에서 정물로 남았다. P는 아까부터 어떤 노래 멜로디를 흥얼거리고 있었다. 남자는 노래 제목을 떠올리려 입술로 멜로디를 따라 했다. 가로등 아래에는 붉은색 쓰레기통이 있었다. 비닐봉지가 바람을 따라갔다.

남자는 집으로 향했다.

#8 그녀는 평발이었다

사타구니에 달려 있는 성기 색깔이 검게 보였다. 털 때문일지도 몰랐다. 팬티를 내리면서 발목 부근에 양말 자국이 나 있는 것을 보았다. 쪼그리고 앉아 발목을 여러 번 쓰다듬었다. 그리고 만나지 못한 삼색 고양이를 생각했다.

집으로 돌아온 남자는 평소보다 느리게 샤워를 했다. 그보다 시간을 들여 몸을 닦았다. 면도를 하고 나니 기분이 달라졌다. 손으로 성기를 잡았다. 성기는 차츰 길고 딱딱해졌다. 그리고 색깔이 달라졌다. 내 몸에서 이렇게 길어질 수 있는 것이 있군.

이건 마치 피노키오의 코 같은데. 남자는 조금 웃었다. 그리고 가장 결정적인 거짓말을 준비했다.

거실 바닥에 신문지를 깔고 그 위에 앉았다. 손톱을 깎았다. 언뜻 양손 손가락 길이가 다른 것 같았다. 손톱이 신문지 위로 떨어졌다. 모두 스무 개였다. 남자는 한쪽 무릎을 가슴팍으로 끌어당겨 발톱도 깎았다. 살이 쪘는지 불편했다. 현관문 밖으로 계단을 올라가는 하이힐 소리가 들렸다. 단정하면서도 분명한 소리다. 남자는 잠시 고개를 들었다가 놓았다. 그리고 새끼발가락을 들어 손톱깎이 안으로 밀어 넣었다. 엉덩이 밑에서 신문지가 바스락거렸다.

그녀는 평발이었다.

남자는 혼잣말을 한 뒤 그 말이 너무 선명하게 들린다는 사실에 놀랐다. 이내 자세를 바꿔 침대 안쪽으로 돌아누웠다. 평발은 몸무게를 분산시키지 못한다. 그래서 오래 걷지 못한다. 그녀는 어디까지 가고 있을까? 남자는 오늘 오래 걸었다. 이불을 턱까지 당겨 덮었다. 머리맡에 둔 휴대 전화를 열어 시간을 확인했다. 출근까지 다섯 시간 정도 남았다. 남자는 마른세수를 하고 애써 눈을 감았다. 감은 눈 속으로 희미한 빛이 몇 번씩 다가왔다가 멀어졌다. 휴대 전화 잔상이 눈 안쪽에 있었다. 그것은 아무도 찾아가지 않는 분실물.

혹은 잠수함.

그녀를 태운 잠수함. 남자는 건전지로 움직이는 작은 잠수함이라고 생각했다. 감은 눈 속에서 배터리가 방전된 잠수함 한 척이 가라앉고 있었다. 수압을 이기지 못한 잠수함은 곧 은박지처럼 찌그러지겠지. 손에 잡힐 만큼 작아지겠지. 그리고 함께 어두워질 것이다. 어둠의 거침없는 번식력. 남자는 그곳에 기생하고 싶었다. 부력을 모두 소진한 남자는 곧 잠이 들었다.

나는 캐리어 밖으로 걸어 나왔다.

시간이 얼마나 흘렀는지 알 수 없었다. 살에 닿는 냉기를 떨치려 팔뚝을 쓰다듬었다. 모든 것이 그대로다. 책장에 꽂힌 책들과 식탁, 소파까지 모든 것이 그대로지만 거기에는 생활의 생기 같은 것이 빠져 있다. 영업 사원이 숙련된 미소와 함께 보여주는 모델 하우스와 같은 느낌이다. 나는 캐리어를 닫기 위해 무릎을 굽혔다.

'여자는 냉장고에서 사과를 하나 꺼낸다.'

캐리어 안에는 이렇게 시작하는 쪽지가 떨어져 있다. 난쟁이가 남겨 놓은 것이다. 혹은 누군가에게 받은 것이다. 달빛이 남아 있는 창가로 쪽지를 내밀었다. 순간 작은 글씨들은 빛에 놀란 벌레처럼 움츠러들었다. 현기증이 일었다. 초점을 맞추기 어려웠다. 번개를 놓치고 천둥소리를 들었다. 창문이 물기를 털어 내는 동물처럼 한꺼번에 흔들렸다. 그러자 곧이어 매캐한 냄새와 함께 무언가 뒤틀리고 있다는 느낌이 들었다. 급커브 구간을 빠져나가는 자동차에 앉은 것처럼 급격하게 몸이 한쪽으로 기울어졌다. 나는 중심을 잡으려 무릎을 곧추세웠다. 서서히 공간이 분리되고 있었다. 나는 거실에 서 있지만 마주 보이는 주방까지의 공간이 이곳과 저곳으로 나눠진 것이다. 둘 사이에는 분명한 이질감이 존재했다. 그때 주방 한구석에서 검은 연기가 일렁이기 시작했다. 연체동물의 긴 촉수처럼 바닥과 벽을 타고 움직이고 있었다. 모래바람 소리가 났다. 좁은 틈을 통과하는 듯 날카로운 소리였다. 참을 수 없는 한기가 느껴졌다. 가늘고 얇은 바람이 살갗을 스치며 지나갔다. 나는 몸을 웅크렸다.

검은 연기의 기세는 맹렬했지만 어느 지점에서 더 이상 선을 넘지 못하고 뭉쳐 있었다. 마임 연기자의 공연처럼 보이지 않는 벽을 느끼고 있는 것이다. 하지만 그것도 잠시, 연기의 촉수는 미세한 틈을 찾으려 필사적으로 움직이기 시작했다. 그 움직임은 어딘가 분명히 틈이 있다는 확신에 차 있었다. 때로 작은 결함이 전체를 망가트리기도 하니까.

나는 무언가 도움이 될 만한 것을 닥치는 대로 떠올렸다. 충전이 된 성욕과 혈관을 지나가는 따뜻한 피와 봄볕을 머금은 이불과 신발을 망가트리는 평발, 작은 잠수함과 염소, 나방, 개미, 고양이를 생각했다. 내가 키우던 고양이는 지난봄에 죽었다. 이름은 미루였다. 나는 미루를 가방에 넣고 자주 찾는 산책 길 풀숲에 묻었다. 볕이 잘 드는 자리였다. 여름 장마가 지나자 산책로는 폐쇄되었고, 길은 사라졌다.

두 공간은 일렁이며 서로를 잠식하려 했다.

눈을 떴을 때 조금 전의 소동이 사라졌다는 걸 알 수 있었다. 공간의 일렁임도 없었고, 차가운 기운도 자취를 감췄다. 나는 양팔을 쓸어내리며 소파에 몸을 기댔다. 벽에 걸어 놓은 시계 안에서 얇은 초침이 시간을 읽어 가고 있었다. 평소와 다름없는 평온한 풍경이었다. 손에는 아직 난쟁이의 쪽지가 들려 있었다. 나는 쪽지를 안에 넣고 캐리어를 닫았다. 뚜껑을 닫는 순간 안에 있던 공기가 빠져나왔다. 사과 냄새가 났다.

비가 내리면 어떨까 싶었지만 비는 내리지 않았다. 휴대 전화에는 생일 축하 메시지가 들어와 있었다. 냉장고를 열었더니 배가 고팠다. 사과를 하나 꺼냈다. 손바닥을 가득 채우는 분명한 실감이었다. 물을 마시고 방으로 들어갔다. 불을 끄고 침대에 누울 때까지 아무 소리도 들리지 않았다.

더 닿지 못하는 곳까지, 나는 베개 깊숙이 얼굴을 묻었다.

#fine

여자는 냉장고에서 사과를 하나 꺼낸다. 사과는 갓 바른 페인트처럼 광택이 난다. 문지르면 금방이라도 뽀드득 소리가 날 것 같다. 여자는 입을 벌려 사과를 깨문다. 사과에 이빨이 닿자 혀 밑으로 스르륵 침이 흘러나온다. 여자는 제자리에 서서 오로지 사과를 먹는 일에만 열중한다. 주위는 점점 어두위진다. 냉장고와 여자만 남는다. 사과를 다 먹은 여자는 늘어지는 자세로 의자에 몸을 기댄다. 셔츠 주머니에서 말보로 갑을 꺼낸다. 담배 한 개비를 빼어 물더니 불을 붙인다. 입술을 열자 긴 연기가 빠져나온다. 여자는 물을 마시고 입안을 헹군다. 다시 냉장고를 열어 사과를 하나 더 꺼낸다. 한입 베어 문다. 사과에는 여자의 이빨 자국이 남아 있다. 여자는 그것을 한참 동안 들여다본다. 손을 내밀어 아직 씹지 않은 사과 조각을 뱉어 낸다. 이빨 자국에 사과 조각을 붙인다. 다시 완벽한 사과를 만든다.

로
커
룸

열쇠를 들어 혓바닥 위에 놓는다. 깊은 주머니처럼 깜깜한 입속. 물컹한 혀의 표면으로 열쇠 굴곡이 느껴진다. 혀끝으로 열쇠에 파인 홈을 천천히 만진다. 방금 깎은 면이 거칠게 혀를 쓸고 지나간다. 혀는 열쇠 몸통 부분을 지나 자물쇠에 닿는 끝부분까지 집요하게 더듬는다. 잘 닿지 않는다. 침이 솟아난다. 혀를 더 깊게 열쇠에 밀착시킨다. 목구멍 안으로 떨어질 것 같다. 그곳을 지나더라도 열쇠는 몸의 일부가 될 수 없다. 하지만 열쇠의 상징은 남을지 모른다. 어느새 입안에 흥건한 침은 금방이라도 입꼬리로 흘러내릴 태세다. 열쇠를 뱉어 낸다.

거친 열쇠를 감싸기에 혀는 너무 두껍고 부드럽다.

오전에 아내는 이혼을 요구했다. 정확히는 서로 잠시 시간을 갖자는 말이었지만, 그 끝이 어떻게 마무리될지 나는 안다. 아내의 말을 들었을 때 나는 접시 위에 놓인 생선을 젓가락으로 헤집고 있었다. 날카로운 가시를 감싸고 있던 생선의 하얀 속살이 드러났다. 생선 한 점을 들어 올렸다. 젓가락 사이에서 그것은 곧 부서질 것 같았다. 젓가락을 통해 손목과 팔꿈치로 생선 한 점의 미세한 무게가 전해졌다. 내게는 쓸모없는 힘. 오직 작은 생선 한 점을 들어 올리는 데 필요한 힘이다.

대답을 기다리던 아내가 식탁에서 일어났다. 나는 다 비운 밥그릇에 물을 부어 마셨다. 그릇 안에는 크고 작은 생선 기름이 떠 있었다. 기름이 입술에 달라붙었다. 수저와 밥그릇을 개수대로 가져갔다. 며칠 전부터 집에는 젓가락이 한 짝씩 부족했다. 아내와 나는 그 일로 말을 섞지 않았다. 우리는 짝이 다른 젓가락으로 밥을 먹었다. 남은 생선을 랩으로 싸서 냉장고에 넣었다. 생선 가시가 랩을 뚫고 솟아 있었다.

우리는 결혼 5년차 부부이다. 하지만 섹스를 한 기억은 먼 나라의 기념일처럼 생소했다. 언제부턴지 내 성기는 결정적인 순간마다 시들해졌다. 아내 입속에서도 마찬가지였다. 아내가 사타구니에서 물러나 돌아누울 때마다 등이 벽처럼 보였다. 하얗고 매끈하지만 견고한 벽. 입구도 출구도 거부하는 순수한 벽. 나는 돌아누운 아내에게 사과를 해야 할지 화를 내야 할지 알 수 없었다. 화장실로 들어간 아내는 오랫동안 씻었다. 우리 사이에 섹스가 없어지고 나서 대화도 사라졌다. 그 과정이 너무 자연스러워 차츰 나도 그것이 당연한 일이라 생각했다.

반찬통의 아귀가 맞지 않는지 한 귀퉁이가 자꾸만 들떴다. 싱크대 배수 구멍을 통해 음식물 냄새가 올라왔다. 물을 틀어 냄새를 밑으로 내려보냈다. 배수구에서 거품이 올라왔다. 거품이 터진 자리에 어떤 결심이 남았다. 우리에게 필요한 것은 대화일지도 모른다. 어쩌면 아내는 저 안에서 내가 먼저 말을 걸어오기를 기다리고 있을지 모른다. 안방 문은 닫혀 있었다. 아무 소리도 들리지 않았다. 나는 그릇을 포개어 놓고 손을 닦았다. 어떤 말로 대화를 시작할 수 있을까. 아니다. 일단 대화부터 시작하는 거다. 다음 일은 다음에 생각하면 된다.

방문을 열었을 때 아내는 화장을 마친 얼굴로 나를 지나쳐 현관으로 걸어갔다. 나는 개수대에 물을 틀고 설거지를 마쳤다.

이번에 만든 건 일반형 열쇠다. 주로 가정집 대문이나 새시 문에 쓰이는 평범한 열쇠다. 그래서 복제하기도 쉽다. 하지만 보조 키는 조금 더 복잡한 구조를 가지고 있다. 보조 키 날 부분에는 일정한 깊이로 둥근 홈이 파여 있다. 그리고 보조 키에 맞는 자물쇠 안에는 그 깊이에 맞는 볼이 돋아 있다. 하나의 보조 키에는 보통 이런 홈이 여섯 개씩 있다.

기계에서 방금 깎은 쇠는 뜨겁고 거칠다. 그리고 비리다. 책상 옆 쓰레기통으로 입안에 고여 있던 침을 뱉는다. 침은 입술에서 쓰레기통까지 길게 이어진다. 입안에 아직 쇠비린내가 남아 있다. 나는 서랍을 열어 구석에 있는 은단 서너 알을 꺼내 씹기 시작한다.

오전부터 영감은 어딘가로 전화를 걸고 있다. 작년에 백내장 수술을 받은 이후로 영감은 더 이상 열쇠를 만들지 않는다. 흐린 눈으로 열쇠에 파여 있는 세밀한 굴곡 깊이를 잴 수 없기 때문이다. 이제 영감에게 남은 것은 자기 이름으로 된 다섯 평남짓한 이 가게와 쓰지 않는 열쇠처럼 녹슬어 가는 육체뿐이다.

왼쪽 벽면에는 열쇠 복제 요금표가 붙어 있다. 기본 요금표다. 개문에 필요한 요금은 2만 원이다. 하지만 그 가격을 지킨 적은 없다. 열쇠가 필요한 사람들에게 2만 원과 3만 원은 큰 차이가 없다. 절박하기 때문이다. 하지만 나는 절박하기 때문에 2만 원과 3만 원을 구별한다. 가끔 열쇠를 잃어버리거나 실수로 잠긴 문을 열어 달라는 전화를 받는다. 잠긴 문 앞에서 사람들은 겸연쩍어 하거나 아니면 무언가에 단단히 화가 난 표정을 짓고 있다. 잠긴 문을 여는 작업은 문을 잠글 때만큼이나 간단하다. 하지만 나는 필요 없는 도구를 연신 꺼냈다 넣으며 시간을 끈다. 고개를 갸웃거리기도 하고 손잡이를 툭툭 쳐 대기도 한다. 문 여는 시간이 길어질수록 사람들이 초조해한다는 것을 안다. 그네들은 짧은 거리를 서성이며, 초조한 듯 손목시계를 쳐다본다. 태연한 척 먼 하늘을 보는 이들도 있다. 사람들이 불안해할수록 요금 협상은 쉬워진다. 언제나 균형이 중요하다. 불안한 사람은 쉽게 화를 내기도 한다. 그 전에 작업을 끝내는 것이 좋다. 잠긴 문을 열어 주고 나서 언제나 3만 원을 요구한다. 사람들은 대부분 의심 없이 지갑에서 돈을 꺼내 준다. 그러고는 열린 문으로 쏜살같이 들어간다. 찰칵. 그들은 언제나 안에서 문을 잠근다. 나는 문밖에 쭈그리고 앉아 바닥에 널린 도구들을 정리하면서 그 소리를 듣는다. 그 소리를 기준으로 나는 정확하게 그들과 분리된다.

1만 원을 주머니에 넣고 가게로 돌아와 영감에게 2만 원을 건네준다. 영감이 내게 제일 먼저 가르친 것은 문 따는 기술이었다. 가장 손쉬운 돈벌이기 때문이다. 문을 딸 때는 얇고 길쭉한 꼬챙이를 쓴다. 처음 봤을 때 아주 길고 두꺼운 바늘처럼 생겼다고 생각했다. 꼬챙이에는 자물쇠 구멍 속으로 들어가는 뾰족한 부분과 반대편으로 검지를 걸 수 있도록 둥글게 말려 있는 부분이 있다. 그곳에 검지를 끼운다. 단단히 잠긴 문 앞에 앉아 자물쇠의 구멍 속으로 꼬챙이를 밀어 넣는다. 신경이 몰려들어 전류처럼 손끝을 타고 꼬챙이로 전해진다. 느슨하던 근육이 팽팽해진다. 긴장에는 균형이 중요하다. 균형이 무너지면 몸이 굳는다. 굳은 몸에는 전류가 통하지 않는다. 눈을 감고 꼬챙이 끝으로 전해지는 느낌을 머릿속으로 그린다. 수많은 도형들이 빠르게 지나간다. 그중에서 내가 찾는 모양을 끌어당긴다. 꼬챙이 끝으로 열쇠가 닿을 부분을 하나씩 건드린다. 이를테면 자물쇠에게 열쇠의 환영을 보여 주는 것이다. 잠시 후 자물쇠는 경쾌한 소리를 내며 풀린다. 나는 짧게 한숨을 쉬며 자물쇠 속에서 꼬챙이를 빼낸다.

책상의 한구석에는 도장을 새기는 조각도가 있다. 영감이 가장 아끼는 물건이다. 손잡이 부분의 목재는 이미 색이 바래서 짙은 간장 빛깔을 띠고 있다. 도장을 파는 조각도는 손잡이가 길다. 하지만 정작 칼날은 손톱만 한 것이 대부분이다. 이름을 새기는 것은 정밀한 작업이다. 칼날은 언제나 시퍼렇게 날이 서 있다. 영감은 시간이 날 때마다 숫돌에 칼을 갈아 댄다. 열쇠를 깎을 때 쓰는 그라인더가 따로 있지만 영감은 금강석으로 된 숫돌만을 고집했다. 칼날이 숫돌에 미끄러지며 내는 소리를 들을 때마다 나는 관절 사이가 서늘해지곤 한다. 칼을 갈 때만큼은 영감의 눈동자도 생기로 번뜩였다.

서랍에서 도장이 담긴 작은 봉투를 꺼낸다. 인주를 찾아 책상 위에 올려놓는다. 뚜껑을 열자 사각 틀 안에 붉은 인주가 담겨 있다. 피부를 한 꺼풀 벗겨 놓은 고깃덩어리 같다. 가까이 있는 내 팔뚝 안에도 조각도를 활용하면 저런 고깃덩어리가 있음을 확인할 수 있다. 도장을 들어 인주에 대고 수직으로 누른다. 종이를 가져와 여러 번 찍어 본다. 타원 안에 아내 이름이 반듯하게 들어가 있다. 인주가 묻은 면과 그렇지 않은 면이 선명한 대비를 이룬다. 도장을 봉투에 담아 놓는다. 흰 봉투 끝부분에 붉은 색이 조금 묻어 있다. 모르는 사이 손끝에 인주가 조금 묻어 있었나 보다. 엄지와 검지를 서로 비빈다. 손가락은 금세 발갛게 물든다. 나는 물든 손가락을 쳐다보다가 검지에 인주를 찍는다. 손끝에 닿는 고깃덩어리의 축축한 느낌. 종이에 찍힌 아내 이름 위에 내 검지를 찍는다. 이름 위로 지문이 겹쳐진다. 나는 아내 이름이 보이지 않을 때

까지 지문을 찍는다. 도장을 봉투에 넣는다. 아내
는 그 도장을 이혼합의서에 사용할 것이다.

아파트 신축 공사가 진행 중인 공사장. 인부가
공사장 입구에서 고무호스로 바닥에 물을 뿌리고
있다. 물줄기가 땅에 닿을 때마다 도망치듯 먼지가
흩어진다. 인부는 목에 흰 수건을 두르고 고무호스
를 들지 않은 다른 한 손으로 담배를 들어 입가로
가져간다. 나른하게 담배 연기를 뿜어낸다. 트럭이
지나가거나 땅이 마를 때쯤이면 다시 고무호스를
들어 바닥에 물을 뿌린다. 엷게 퍼지는 물줄기 가
장자리로 무지개가 나타난다.

며칠 전만 해도 공사장 입구로 트럭이 분주히 드
나들었다. 높게 솟은 타워 크레인이 거대한 건축
자재들을 이리저리 옮기고 있었다. 이제 막바지에
이른 공사장은 세일 기간이 지난 백화점처럼 한산
하다. 위압적으로 보이던 거대한 펜스도 내일쯤이
면 뜯길 것이다. 나는 고개를 들어 펜스 위로 솟아
있는 아파트를 훑어본다. 모두 똑같이 생겼다. 하지
만 저 아파트 중 한 곳에 우리 집이 있다. 나는 알
아볼 수 있다.

어두워지기를 기다려 아파트 지하 주차장으로 숨어든다. 내리막길을 따라 조심스레 발을 옮긴다. 가로등 빛이 따라오지 못하는 깊이까지 내려간다. 내 몸은 조금씩 어둠에 침식된다. 발소리가 벽에 부딪쳤다가 다시 다른 벽을 향해 튕겨 나간다. 소리가 다른 소리를 받아먹고 더 커진다. 며칠 후 입주자들의 자동차로 가득 채워질 공간에 내 발소리가 먼저 돌아다닌다. 얇게 굳어 있던 공기가 하나씩 깨지고 있다. 술에 취한 아빠는 항상 1층부터 계단을 부술 듯이 밟으며 올라왔다. 연락도 없이 아빠가 늦는 날이면 엄마는 나를 불러 거실에서 함께 자자고 한다. 늦게까지 텔레비전을 볼 수 있다는 생각에 나는 좋아한다. 어느새 선잠이 든 귓가로 거친 발소리가 들린다. 누워 있는 귓속으로 아빠가 올라온다. 발걸음이 점점 가까워진다. 엄마를 깨우고 싶다. 나는 다짐한다. 우리는 아주 깊은 잠에 빠져 있는 것이다. 너무 피곤해 움직일 수 없는 것이다. 엄마가 덮고 있는 이불이 가늘게 떨린다. 현관 손잡이가 거칠게 비틀린다. 문은 잠겨 있다. 아빠는 주먹으로 문을 두드린다. 발길질을 한다. 잠시 후 열쇠가 자물쇠에 끼워지는 소리가 난다. 거칠게 현관문이 열린다. 불이 켜지고, 아빠는 누워 있는 엄마를 깨워 억지로 안방으로 끌고 들어간다. 방에서 실랑이가 벌어진다. 나는 이불을 끌어안고 내 방으로 들어간다. 잠시 후 엄마가 내 방으로 온다. 손잡이 단추를 눌러 문을 잠근다. 아빠가 방문을 발로 찬다. 나무 문이 부서질 것 같다. 엄마는 풀어진 머리 위로 이불을 뒤집어쓴다. 방문은 계속 흔들린다.

나는 생각이 이어지지 못하게 걸음을 멈춘다. 어둠 속에서 비상구 램프가 깜박이고 있다. 그 초록빛 아래 내 손을 비춰 본다. 손은 다섯 개 푸른 잎이 돋은 나뭇가지가 된다. 잎사귀 하나가 주머니로 들어간다. 길쭉한 물체를 꺼내 온다. 임신테스트기. 잘못 버린 카드 명세서를 찾을 일이 없었다면 이것도 여느 쓰레기들과 함께 버려졌을 것이다. 테스트기 작은 창에는 빨간 줄이 선명하게 찍혀 있었다. 두 줄이다. 나는 눈을 감았다가 뜬다. 갑자기 아무 소리도 들리지 않는다. 이토록 순결한 정적. 나는 소리 나게 아래턱과 위턱을 서로 부딪쳐 본다. 손바닥으로 아래턱을 쓰다듬는다. 테스트기를 바닥에 떨어트린다. 그리고 발끝으로 찬다. 핑그르르 돌면서 그것은 깊은 침묵을 향해 미끄러진다. 아내와의 잠자리가 언제였는지 떠올려 본다. 눈앞이 차츰 화끈거린다. 아내는 오늘도 나와 같은 침대에서 일어났고 식탁에서 밥을 먹었다. 우리는 평소처럼 별 말을 나누지 않았다. 그런 생활도 나쁘지 않았다. 아내는 이번 프로젝트만 끝내면 직장에서 중요한 위치에 오른다고 했다. 승진도 기대하는 눈치였다. 그래서일 거라 생각했다. 직장 내에서 여자의 위치는 직급에 비례하지 않는다고 했다. 남들처럼 한 단계씩 차근차근 오를 수 없다. 그래서 기회가 왔을 때 놓치지 말아야 한다. 그리고 기회가 언제 올지 모르므로 언제나 준비하고 있어야 한다.

"프로젝트가 끝날 기미가 보이지 않아."

자정 넘어 돌아온 아내는 당연하다는 듯 말했다. 그리고 오랫동안 화장실에서 나오지 않았다.

지하 주차장을 빠져나와 집으로 향하는 오르막길을 걷는다. 대문을 몇 발자국 앞에 두고 뒤를 돌아본다. 멀리 아파트 단지 윤곽이 보인다. 달빛에 하얗게 드러난 아파트 외벽이 굳게 다문 이빨들처럼 늘어서 있다.

아내는 아직 돌아오지 않았다.

영감과 마주 앉아 점심을 먹는다. 같은 가게에서 일하지만 얼굴을 마주하고 있기는 오랜만이다. 점심때를 넘긴 시간이라 식당에는 우리 밖에 없다. 나는 아무 얘기나 해 볼까 하다 그만둔다. 해물탕이 나오기 전까지 영감은 꾸부정하게 앉아 신문을 뒤적거린다. 나는 한참 동안 벽에 걸린 달력을 쳐다본다. 12월. 이번 달엔 아내의 생일이 있다. 올해 아내 생일은 일요일이다. 테이블에 김치국물이 눌어붙어 있다. 나는 냅킨 한 장을 뽑아 든다. 잘 닦이지 않는다. 손끝에 힘을 준다.

"오전엔 별 일 없었고?"

어느새 영감은 나를 보고 있다. 얼굴 위에 얹힌 각진 안경. 안경알 아래 절반 정도는 돋보기 기능을 하는 부분이다. 영감은 안경을 통하지 않은 맨눈으로 나를 보고 있다. 눈동자는 흐리고 탁하다. 잘 보이지 않는 것인지, 대답을 재촉하는 것인지 탁한 눈은 나를 잡고 놓아주지 않는다. 나는 물수건으로 이마를 닦는다. 기름 자국이 묻어난다. 영감은 방금 전까지 집에 있었다. 요즘은 가게에 나오지 않는 날이 많다. 대답을 기다리는 사이 영감은 한차례 기침을 해 댄다. 얕게 시작된 기침이 기

어이 목에서 한 뭉텅이 가래를 뽑아낸다. 영감은
목울대를 움직여 가래를 입안에 모은다. 테이블에
놓인 냅킨을 뽑아 천천히 가래를 뱉는다. 노란 가
래 덩어리가 실을 뽑는 누에처럼 입에서 내려온다.
영감은 냅킨을 접어 테이블 한쪽으로 치워 놓는다.
둥글게 뭉쳐진 냅킨이 점점 노란색이 되어 간다.
가래를 뱉을 때 언뜻 피가 섞여 나온 것 같다.

　냄비에서 국물을 떠 올리는 영감의 숟가락이 떨
린다. 애처롭게 벌린 입을 향해 숟가락이 느리게
움직인다. 테이블 위로 시뻘건 국물이 떨어진다. 작
은 입 주위로 수많은 주름이 보인다. 모든 주름은
입에서부터 시작되는 것 같다. 영감은 숟가락이 들
어간 입을 재빨리 다문다. 얼굴에 새로운 주름이
다시 입가로 모여든다. 음식을 오래 씹는다. 언젠가
영감은 저 주름에게 먹힐지 모른다.

　"반주 한잔 할까?"

　영감이 말했다.

　나는 고개를 젓는다. 그리고 방금 입안에 씹혔
던 모래를 골라내기 위해 혀끝으로 조갯살을 헤집
는다. 영감은 소주 한 병을 시킨다. 종업원이 잔을
두 개 가져온다. 영감의 술잔은 채워져 있을 때보

다 비어 있을 때가 많았고 내 잔은 자리에서 일어날 때까지 가득 차 있었다.

식사를 마친 영감은 숟가락을 놓고 벽 쪽으로 물러나 등을 기대고 앉는다. 허리띠를 느슨하게 푼 뒤 고개를 들어 천장에 달린 형광등을 쳐다본다. 영감에게도 젊은 시절이 있었다. 나보다 더 어린 시절이 있었다. 수명이 다했는지 형광등 하나가 깜박거린다. 나도 형광등을 쳐다본다. 식당 주방에서 쟁반을 들고 나오던 아줌마도 잠시 멈춰 서서 형광등을 쳐다본다. 우리 셋은 한동안 아무 말 없이 깜박거리는 형광등을 쳐다본다.

젊은 시절 영감의 집은 한적한 어촌이었다. 그가 일어났을 때 여느 날처럼 식구들은 바다로 나가고 없었다. 그는 상 위에 차려진 아침밥을 먹고 밖으로 나왔다. 군대에서 선임에게 맞은 곳이 늑막염이 되었다. 그는 아침 구보 도중 쓰러져 국군 병원으로 이송되었다. 선임은 그가 고의로 병을 키웠다고 했지만 그는 결국 국군 병원에서 제대를 했다. 누구는 부러워했고, 누구는 걱정을 했지만 그는 아무말도 하지 않았다.

바닷가 쪽으로 천천히 발걸음을 옮겼다. 달리 갈 곳도 할 수 있는 일도 없었다. 겨울 바다 끝으로 수상한 구름이 바람을 타고 있었다. 그는 바위틈에서 죽은 생선을 발견했고 죽은 생선의 작은 눈알을 한참 동안 들여다보았다. 아가미에 작은 낚시 바늘이 끼워져 있었다. 생선을 들어 낚시 바늘을 빼내 운동복 주머니에 넣었다. 생선은 다시 바다로 던졌다. 생선을 받아먹은 바다 위로 작은 물결이 일었다.

갯벌에는 깨진 병 조각이 드문드문 반짝이고 있었다. 그는 근처 소나무 밑에서 주워 온 막대기로 모래사장에 의미 없는 단어들을 쓰고 발바닥으로 지웠다. 썰물 때가 되었는지 평소보다 갯벌이 넓게 펼쳐져 있었다. 그때 누군가 고함을 치는 소리가 들렸다. 그가 앉은 곳에서 멀리 화톳불을 피워 추위를 피하던 이웃 마을 사람들이었다. 주위를 둘러보았다. 사람들은 그가 앉아 있는 쪽이 아니라 갯벌 쪽을 향해 소리를 지르고 있었다. 간조 때를 맞아 바다는 수평선 끝까지 밀려나 있었다. 그 끝에 두 사람이 갯벌을 통해 바다 쪽으로 걸어가는 모습이 보였다. 그는 미간을 찌푸리며 초점을 한곳으로 모았다. 남녀인 것도 같았고, 갯벌에서 입는 작업복을 입은 것도 같았다. 거리가 멀어 정확히 보이지 않았다. 모래사장에 모인 사람들은 계속 소리를 질렀다. 위험하다. 곧 바닷물이 들어올 거다. 걸음을 멈춘 두 사람은 고개를 돌리고 서로 무언가를 상의하는 듯하더니 다시 가던 길을 내처 걸어가기 시작했다. 다급해진 사람들이 욕을 해 가며 고함을 질렀다. 그는 근처 바위틈에 몸을 끼우고 그 광경을 지켜봤다. 모래사장을 기어가던 게들이 구멍 속으로 급하게 들어갔다. 바람과 함께 삭정이가 나무에서 떨어져 해변으로 굴러왔다. 하늘이 순식간에 잿빛으로 바뀌더니 곧이어 비가 내리기 시작했다. 그는 머리 위에 손을 얹고 집으로 뛰어갔다. 숨쉬기가 힘들어 걸음을 멈췄다. 들이마시는 공기가 몸을 점점 무겁게 했다. 걸음을 내딛을 때마다 한 호흡만큼의 물이 몸으로 들어차고 있었다. 얼굴에 닿는 빗줄기 강도가 세졌다. 그는 바람을 등지고 바다를 향해 섰다. 빗줄기에 가려 바다로 가던 두 사람은 보이지 않았다. 걸을 때마다 주머니 속 낚시 바늘이 허벅지를 찔렀다.

식사를 마친 뒤 영감은 볼 일이 있다며 가게와 반대 방향으로 향했다. 나는 영감이 길 모퉁이를 돌아 보이지 않을 때까지 그 위태로운 걸음걸이를 지켜보았다. 그날 바다로 나갔다던 두 사람이 어떻게 되었는지 물어보고 싶었다.

옷을 벗다가 셔츠에서 단추가 떨어진다. 단추는 아내가 싸 놓은 짐 사이로 빨려 들어간다. 짐과 짐 사이, 여백이 어둡다. 아내는 잠시 친정에 다녀오겠다고 했다. 오늘은 아내의 생일이다. 아내는 친정에 있지 않을 것이다.

냉장고를 열고 우유팩을 집어 든다. 팽팽하게 부풀어 있다. 유통 기한이 보름이나 지났다. 직사각형 틀 안에서 우유는 부패해 있다. 세균들이 번식하고 있을 것이다. 그 안에서 숨을 쉬고 움직이고 또 다른 세균을 낳고 있을 것이다. 양손 엄지로 마개를 연다. 시큼하면서도 텁텁한 냄새가 난다. 마개를 열어도 우유팩의 부피는 줄어들지 않는다. 우유를 개수대에 버린다. 마개 입구를 따라 구토하듯 걸쭉한 액체가 흘러나온다. 물을 부어 남은 우유를 헹궈 낸다. 접착면을 따라 우유팩을 찢어 낸다. 재활용품 상자 안으로 집어넣는다.

아내가 없는 식탁. 소리 나게 의자를 빼고 앉는

다. 아내가 그 소리를 싫어했던가. 기억나지 않는
다. 볼이 넓은 접시에 삶은 계란이 네 개 놓여 있
다. 식탁에 팔꿈치를 기대고 계란 껍질을 벗긴다.
껍질은 아내의 피부처럼 매끄럽고 뽀얀 색이다. 하
지만 껍질은 딱딱하다. 식탁 모서리에 두드려 작은
균열을 만든다. 그 틈으로 엄지손톱을 밀어 넣는
다. 손톱 밑으로 계란 껍질이 파고든다. 받쳐 둔 사
기그릇 위로 벗겨 낸 껍질이 하나씩 떨어진다. 껍질
이 떨어질 때마다 사기그릇은 소리를 낸다. 자정을
넘긴 주택가는 조용하다. 충분히 삶지 않았는지 껍
질 한 부분이 잘 떨어지지 않는다. 나는 엄지와 검
지로 말랑하게 굳은 흰자위를 자꾸만 문지른다. 계
란은 손안에서 미끄러진다. 어느 정도 힘이 필요한
지 알 수 없다. 처음으로 아내의 옷을 벗기던 날,
우리는 취해 있었고 아내는 속옷을 입고 있지 않
았다. 나는 계란을 포기하고 고개를 든다. 아내가
앉았던 의자가 식탁 맞은편에 바싹 붙어 있다. 의
자에게서 무심하게 정돈된 표정을 본다. 나는 사
물에게조차 소외된다. 식탁 아래로 발을 뻗어 아내
의 의자를 뒤로 밀어낸다. 바닥 긁히는 소리가 난
다. 냉장고 모터가 멈춘다. 무게를 담은 정적이 천

장에서부터 내려온다.

식탁에 앉아 담배를 피운다. 연기는 전등갓 속으로 희고 연약한 나신처럼 흔들린다. 아랫도리에 묵직한 기운이 느껴진다. 재떨이에 담배를 비벼 놓고, 바지를 벗는다. 방으로 들어가 침대에 걸터앉는다. 하지만 그 사이 한껏 부풀었던 성기는 이내 축 늘어져 있다. 성기를 붙잡고 있는 내 모습이 화장대 거울에 비친다. 어색하지 않다. 어디선가 아내가 숨어 지켜보고 있는 것 같다. 나는 아내의 속옷을 찾기 시작한다. 서랍을 열어 이곳저곳을 훑는다. 서랍은 매장을 옮겨 놓은 듯 다양한 속옷들로 가득하다. 옷은 몸의 기억을 갖고 있다. 내가 찾고 있는 것도 마찬가지다. 내가 처음 선물한 속옷, 내가 좋아하는 속옷이 보이지 않는다. 그녀가 입고 있는 것일까. 그럴 리 없다. 나는 서랍장을 빼 들고 바닥에 쏟아 놓는다. 묵직한 소리가 들리며 휴대 전화 하나가 바닥에 떨어진다.

전원 버튼을 누르니 배터리가 부족하다는 안내 멘트가 액정 화면 위로 뜬다. 그것은 내 것도 아내의 것도 아니다. 내가 모르는 아내의 것이다.

나는 휴대 전화를 충전기에 끼우고 기다린다. 빨

간 충전 표시등이 나를 노려본다.

나는 기다리고 그것은 노려본다. 그 반대일지 모른다.

벽에 걸린 시곗바늘이 2시를 지나고 있다. 약속 시간보다 10분 먼저 도착했다. 낮에는 커피와 식사를 팔고 밤에는 술을 파는 가게다. 남자는 내 연락에 당황한 듯했지만 의외로 담담하게 약속을 잡았다. 아내는 아직 돌아오지 않았다. 방에서 외투를 입다가 구석에 떨어진 단추 하나를 발견했다. 아내의 짐이 빠지고 난 자리였다. 나는 발끝을 세워 단추를 장롱 아래로 밀어 넣었다.

빛이 들지 않는 자리마다 초로의 노인들이 낮부터 맥주잔을 기울이고 있다. 나는 밖이 잘 보이는 창가 쪽으로 자리를 잡았다. 창 가장자리가 서리로 덮여 있다. 나는 창문에 대고 손가락으로 길게 사선을 그었다. 손가락 끝으로 물방울이 모였다. 물방울은 사선 끝자락에서 아래로 흘러내렸다. 사선을 통해 바깥 풍경이 안으로 들어왔다. 주방 쪽에 위치한 온풍기 성능이 창가까지 닿지 않았다. 나는 손안에 입김을 한 움큼 모은 뒤 허벅지 밑으로 넣는다. 소파는 한쪽이 꺼져 있다. 오래된 것들은 하나같이 어둡고 무겁다. 움직이는 것을 싫어한다. 노인들이 피우는 줄담배 연기가 쉽게 빠지지 않는다. 한곳에 뭉쳐 있는 담배 연기가 그들의 영역이고 그들의 감옥이다. 나는 재떨이를 당겨와 담배에 불을 붙인다.

언젠가 아내는 얼룩말을 갖고 싶다고 했다.

"푸른 얼룩말이 갖고 싶어."

잠에서 깬 그녀가 말했다.

나는 인터넷에서 얼룩말 사진을 찾아 출력해 주었다. 파일 크기가 작은 탓인지 얼룩말은 A4지 가운데 아주 조그맣게 붙어 있었다.

"조금 외로워 보이는데."

내가 말했다.

아내는 방에서 색연필을 찾아와 얼룩말 주위로 작은 삼각형들을 그리기 시작했다.

"그게 뭐야?"

내가 물었다.

"풀."

아내가 대답했다.

아내는 그것을 냉장고에 붙여 놓았다.

냉장고를 열고 닫을 때마다 얼룩말은 펄럭였다.

남자는 돈을 요구했고 나는 그의 계좌 번호를 적었다. 사진과 동영상이 있다고 했다. 아내는 이 남자와 결혼을 생각한 것일까? 나는 아내의 임신 사실을 말하지 않았다. 테이블 밖으로 다리를 꼬고 앉은 남자의 오른발 끝이 아래위로 까딱까딱 움직였다. 남자는 선글라스를 쓰고 있었다. 두 개의 검은 창에 내 모습이 반사되었다. 왼쪽과 오른쪽으로 분리된 나는 초라해 보였다. 나는 남자의 눈을 보고 있었지만 사실 또 다른 나를 대면하고 있을 뿐이었다.

남자가 일어서서 나가는 것을 보고 나는 얼굴에서 안경을 내려 테이블에 올려놓는다. 안경알은 부옇게 흐려져 있다. 자세히 들여다보니 금이 간 곳이 벌어져 있다. 나는 안경을 들어 입김을 불어 넣는다. 입김이 닿으면 금방 새살이 돋아날 것 같다. 천천히 안경을 닦는다. 창문에 비춰 본다. 창밖으로 건물을 나서는 남자의 모습이 보인다. 안경엔 아무것도 남아 있지 않다. 남자가 인파에 섞이기 전에 그를 뒤따라 밖으로 나선다.

영감이 죽었다. 나는 가죽 앞치마를 걸치고 그라인더 앞에 앉는다. 며칠째 전화를 받지 않았다. 혼자 하는 일과 혼자서 모든 일을 해야 하는 것은 다르다. 일감이 쌓이기 시작했고 기다리다 지친 사람들은 돌아가기 일쑤였다. 사흘째 되는 날, 나는 수화기를 내려놓고 영감의 책상에서 집 주소를 찾았다.

영감은 이불을 둘둘 만 채 방 한구석에 웅크리고 있었다. 처음엔 이불 더미인 줄 알았다. 신발을 벗고 들어갔다. 싱크대는 물기 하나 없이 말라 있었다. 방에서 창고 냄새가 났다. 나는 영감의 이름을 부르는 대신 어깨를 흔들어 보았다. 어느 날 서랍을 열었을 때 한쪽 구석에서 녹슬어 있던 열쇠처럼, 영감은 움직이지 않았다. 외벽으로부터 끊임없이 한기가 몰려들었다. 보일러에 물 부족 표시등이 깜박이고 있었다. 나는 조용히 문을 닫고 등을 돌려 밖으로 나왔다. 영감이 누워 있는 작은 방은 그에게 배달된 상자 같았다.

가쁜 기계음을 내며 그라인더가 돌아가기 시작한다. 벽에는 수십 종에 달하는 열쇠들이 빼곡히 매달려 있다. 그중 하나를 꺼내 그라인더에 대고 갈아 대기 시작한다. 소리가 날카롭다. 열쇠에서 깎인 쇳가루가 앞치마에 요란스레 부딪친다. 보안 경을 쓰고 있는 얼굴 쪽으로도 튄다. 피할 생각도 하지 않고 그라인더에 열쇠를 밀어 댄다. 표면에서 작은 불꽃이 일었다 사그라진다. 열쇠는 점점 작아지다 결국 사라진다. 가루가 된다. 그라인더는 아직도 배고픈 짐승처럼 이를 갈고 있다. 손에 잡히는 대로 벽에 걸린 열쇠들 중 하나를 더 가져온다. 다시 바닥에 쇳가루가 쌓이기 시작한다.

현관문을 열고 남자가 집을 나선다. 문 앞에서 왼발, 오른발 끝을 번갈아 바닥에 치며 발을 구두 속으로 집어넣는다. 주머니에서 열쇠를 꺼내 문을 잠근다. 자물쇠 걸리는 소리가 내 불안을 덮는다. 남자는 내가 숨어 있는 복도의 반대편으로 걸어간다. 엘리베이터 내려가는 소리를 들은 후 나는 움직인다. 802호. 803호. 나는 804호 앞에서 멈춘다. 가방에서 꼬챙이를 꺼내 손잡이 앞에 무릎을 대고 앉는다. 왼손으로 문을 짚고 오른손 검지를 꼬챙이 고리에 건다. 서서히 열쇠 구멍 속으로 꼬챙이 끝을 밀어 넣는다. 눈을 감는다. 감은 눈 속으로 남자가 보인다. 아내와 함께 집으로 들어서는 모습이다. 호흡이 가빠진다. 문은 열리지 않는다. 눈에 힘을 주어 아내와 남자를 지워 낸다. 다리에 힘이 풀리면서 잠깐 꼬챙이를 놓칠 뻔했다. 다시 눈을 감는다.

문을 열기 전 열쇠의 환영과 함께 작아진 나는 아주 긴 터널 속으로 추락한다. 하지만 이번엔 어색하다. 무언가 달라졌다. 작업하면서 항상 떠오르던 이미지가 아니다. 습한 냄새와 바람이 있다. 그리고 울퉁불퉁하다. 불길한 기운을 느낀 피부에 소름이 돋는다. 나는 빠르게 떨어진다. 평소에 유영하듯 부드럽게 하강하던 속도와 다르다. 무언가 목덜미를 스치며 지나간다. 바위 표면으로 굵은 나뭇가지가 자라고 있다. 덩굴처럼 움직이며 나를 스친다. 위협적으로 다가온다. 몸을 비틀어 가까스로 빠져나간다. 숨쉬기가 힘들다. 그때 가시를 달고 있는 나뭇가지에 살이 찢긴다. 그라인더에 열쇠가 갈릴 때처럼 피가 흩어진다. 손은 한곳에서 자꾸만 미끄러진다. 바람이 빠진 고무풍선처럼 내 몸은 흐물거린다.

이음새 풀리는 소리가 짧게 들린다. 나는 눈을

뜬다. 그리고 자물쇠의 깊은 단면에서 빠져나온다. 신발로 바닥에 떨어진 땀을 지운다. 손잡이를 돌린다. 문은 의심 없이 열린다. 방 안으로 들어선다. 남자는 없지만 남자가 남긴 흔적으로 방은 온통 지저분하다. 나는 천천히 심호흡을 하며 남자의 체취에 동화된다. 카메라는 텔레비전 옆 선반에 있었다. 카메라를 가방에 챙긴다. 보라색 커버가 씌워진 침대 위에 베개가 두 개 놓여 있다. 벽 쪽으로 붙은 베개를 만져 본다. 아내는 항상 침대 안쪽에서 잤다. 베갯잇에 긴 갈색 머리카락이 묻어 있다. 머리카락을 들어 왼손 검지에 둥글게 감아 본다. 달빛이 침대 위에 흥건하다. 나는 침대를 짚었던 손바닥을 달빛에 드러낸다. 다른 머리카락을 집어 손가락에 감는다. 피가 통하지 않을 때까지 감는다. 손가락 끝이 달아오른다. 머리카락이 끊어진다. 돌아가야 한다. 나는 습관처럼 바지 주머니를 두드려 집 열쇠를 확인하고 자리에서 일어선다. 하지만 내가 침대에서 몸을 일으키는 것과 동시에 현관에서 자물쇠 돌아가는 소리가 들린다. 삐걱거리는 소리와 함께 출입문이 열리며 복도 불빛이 쏟아져 들어온다. 남자의 실루엣이 길게 늘어져 내 발치에 닿는다. 나는 그림자를 밟고 서 있다.

눈을 뜬다. 천장이 보인다. 그렇다면 이곳은 바닥이다. 차갑다. 체온이 곤두박질치고 있다. 나는 차갑고 곧이어 차가운 느낌도 사라질 것이다. 코를 통해 폐로 들어갔던 공기가 입김으로 나오는 것을 본다. 목젖에서 시멘트 냄새가 난다. 주위를 둘러본다. 몸을 일으키려 무릎을 굽히자 허리에서 시작된 통증이 코일처럼 전신을 휘감는다. 비명도 없이 입을 벌린 채 다시 자리에 주저앉고 만다. 갑작스런 통증에 눈앞이 흐려진다. 시멘트 바닥에서 올라온 냉기가 살을 파고들어 뼈를 건드린다. 어둠에 눈이 익숙해지자 이곳이 신축 공사가 끝난 아파트 중 한 곳이란 걸 알 수 있었다. 마감 공사가 덜 끝난 벽면에는 튀어나온 전선 가닥이 보인다. 바닥재로 쓸 장판이 둥글게 말려 한쪽 벽에 세워져 있다. 멀리서 보기만 했을 뿐 실제로 들어와 본 적은 없다. 얼마 전까지 이 아파트 수많은 집들 중 한 곳이 우리 집이 될 것이었다. 나는 다시 한쪽 무릎을 꿇고 조심스레 몸을 일으켜 본다. 통증이 핀볼의 금속 공처럼 몸속을 돌아다닌다. 한 손으로 벽을 짚은 채 일어선다. 허리를 펴자 무언가 품에서 떨어진다. 날카로운 소리를 내며 시멘트 바닥에 숨은 정적을 깨운다. 떨어진 꼬챙이 끝에는 혈흔이 묻어 있다. 몸을 더듬어 본다. 내 상처가 아니다. 꼬챙이를 다시 한 번 떨어트려 본다. 나는 소음의 반향이 가라앉을 때까지 움직이지 않는다. 그리고 꼬챙이를 줍지 않고 출입문 쪽을 향해 절뚝거리며 걸어간다. 조심스레 문을 연다. 복도를 지나 계단을 통해 밑으로 내려간다. 등 뒤에서 문 닫히는 소리가 들린다.

길을 따라 도열한 아파트들. 불빛을 피해 나는 달리기 시작한다. 화단 구역으로 정해 놓은 곳에서 미끄러져 넘어진다. 풀 비린내가 얼굴을 덮친다. 일어나 다시 달린다. 절뚝거리면서 달린다. 발을 디딜 때마다 통증이 느껴진다. 발을 딛기 전에 통증을 예상한다. 그리고 그것을 확인한다. 어떤 맹목이 나를 가득 채운다. 초식 동물들은 가끔씩 이유 없이 달린다. 달리다 보면 그게 이유가 되기도 한다. 평생 그렇게 살다가 육식 동물의 위장을 채우게 된다. 사실일까? 맹목은 대답하지 않는다. 이제 곧 내리막길이다. 다리는 내 의지와 상관없이 빨라진다.

　휴대 전화를 확인한다. 오늘도 알람 시계보다 먼저 일어났다. 남자에게선 다시 연락이 없다. 새들이 전깃줄에서 한꺼번에 날아오른다. 빈 전깃줄은 한동안 흔들린다. 화장실로 가면서 가스레인지에 주전자를 올려놓는다. 개수대 안에는 볼이 넓은 접시와 밥그릇들이 가득하다. 세수를 하고 벽에 걸린 거울을 들여다보다가 나는 괜히 씩 웃어 본다. 오른쪽 어금니가 조금 흔들리는 것 같다. 눈가 상처를 누르자 피가 배어 나온다. 수건을 들어 거울에 묻은 물기를 닦는다. 한 컵 분량의 물은 쉽게 끓는다. 주전자 주둥이로 뜨거운 수증기가 솟구친다. 수건에서 묵은 냄새가 난다. 조그만 주전자 뚜껑이 들썩인다. 뚜껑 경계선으로 허연 거품이 흘러내린다. 주전자 밑에서 둥글게 돌아났던 가스 불이 하나씩 꺼진다. 불이 꺼진 가스레인지 발화구에서 가스 냄새가 올라온다.

　냉장고에는 아직 얼룩말이 붙어 있다. 나는 아내의 도장을 찾아 얼룩말 옆에 찍어 본다. 둘은 크기가 비슷하다. 나는 얼룩말을 냉장고에서 떼어 낸다.

그리고 백지 위에 얼룩말만 남을 때까지 접는다.

아내는 내가 웃는 모습이 좋다고 했다. 감은 눈 속으로 무언가 흐릿한 물체가 보인다. 또각또각 발을 털더니 얼룩말이 백지 위에서 걸어 나온다. 얼룩말은 나를 지나쳐 이 방 저 방을 무심한 눈길로 둘러본다. 그리고 돌아와 순한 눈으로 나를 쳐다본다. 손을 들어 만지려 하자 얼룩말은 고개를 숙인다. 긴 목에 검은색 줄무늬가 선명하다.

푸릉푸릉.

얼룩말은 몇 번 기침을 한다. 그러다 혓바닥을 내어 얼굴을 핥는다.

나는 수건으로 얼굴을 가린다. 축축한 느낌이 얼굴을 감싼다. 어느 집에선가 이명처럼 알람 시계가 울린다.

야간
비
행

흔들리면서 나는 깨어났다.

공중에 돋아난 피아노 단음(短音)처럼,

나는 어디에도 연결되지 않았다.

비행기는 차츰 고도를 낮추고 있었다. 곧이어 착
륙을 알리는 안내 방송이 들렸다. 수면 안대를 벗
자 불빛 아래 사람들이 만들어 내는 분주함이 눈
에 들어왔다. 객실 안 모니터에는 작은 비행기가
꼬리에 점선을 이으며 섬에 닿고 있었다. 출입국 카
드를 나눠 주던 스튜어디스가 내 자리를 지날 때

이국적인 향수 냄새가 났다. 나는 짧게 숨을 내쉬었다. 아내는 고개를 창 쪽으로 기울인 채 잠들어 있었다. 창밖은 검은 색종이를 붙여 놓은 듯 아무것도 보이지 않았다.

앞좌석에 붙은 테이블을 내리고 주머니에서 볼펜을 꺼냈다. 출입국 카드에 아내의 이름과 생년월일을 적어 나갔다. 여권 번호가 기억나지 않았다. 손가방에서 아내의 여권을 꺼냈다. 여권에 실린 사진이 낯설었다. 며칠 전 아내는 사진관에서 여권용 사진을 새로 찍었다. 의자에 앉아 양손을 앞으로 모은 뒤 카메라를 쳐다봤다. 신호에 맞춰 굳은 표정을 지었다. 아내는 습관처럼 옆머리를 귀 뒤로 넘겼다. 아내의 귀는 남들보다 길고 뾰족한 편이다. 늘 머리카락으로 귀를 가리고 다녔다. 하나, 둘, 셋. 사진 속에는 '셋'과 동시에 굳어진 아내의 표정이 들어 있었다. 나는 손을 뻗어 아내의 옆머리를 들춰 보았다. 긴 귀가 머리카락 사이로 모습을 드러냈다.

동창회에서 돌아온 아내는 우울해 보였다. 나는 거실에서 책을 보고 있었다. 아내는 옷을 갈아입은 뒤 빨래를 개기 시작했다. 나는 책에서 눈을 떼지 않은 채 모임은 재미있었냐고 물었다. 아내는 그랬다고 대답했다. 그리고 잠시 뜸을 들인 후 친구의 남편 얘기를 했다. 요약하자면 그 남편이 얼마 전에 주식을 팔아 큰돈을 벌었다는 내용이었다. 내 연봉의 두 배가 넘는 돈이었다.

"주식으로 돈 벌었다는 사람 얘기는 처음 들어보네."

나는 시큰둥하게 말했다.

"지금 웃으라고 한 말이야?"

아내는 주방으로 가더니 고무장갑을 꼈다. 싱크대에는 내가 저녁을 먹고 남긴 그릇이 쌓여 있었다. 나는 담배를 들고 베란다로 나가 창문을 열었다. 창틀에서 쇠 긁히는 소리가 났다. 밤공기가 마음을 환기시켰다. 아파트 단지는 거대한 항아리 속처럼 조용했다. 나는 맞은편 아파트 외벽을 더듬다가 불을 밝히고 있는 한 집에 눈길을 멈췄다. 며칠 전부터 눈여겨보던 집이었다. 그 집은 베란다 확장 공사를 통해 거실을 넓게 쓰고 있었다. 조명등도 새로 설치했는지 환한 빛이 단번에 시선을 사로잡았다. 베란다에서 담배를 피울 때마다 그 빛을 마주하게 되었다. 넓은 거실을 가득 채우는 환한 빛. 나는 어둠을 확인하듯 손을 뻗어 그 빛의 테두리를 흔들어 보곤 했다. 베란다 확장 공사에는 생각보다 큰돈이 들었다. 견적서를 받아 본 아내는 고개를 저었다. 한 달 전 일이다. 나는 고개를 돌려 재떨이를 찾았다. 다 죽어 가는 화분과 잡동사니만 쌓여 있는 베란다는 공간 낭비다. 나는 무연하게 베란다의 면적을 가늠해 봤다. 싱크대에서 사기그릇 부딪치는 소리가 오랫동안 들렸다. 나는 화분 가장자리에서 한 움큼의 모래를 집어 밖으로 던졌다.

아내는 며칠 전부터 여행을 가고 싶어 했다. 몇 년 전부터인 것도 같았다. 외출하기 전에는 한참 동안 옷을 골랐고, 꺼낸 옷을 바닥에 늘어놓고 한숨을 쉬기도 했다. 나는 담배를 끄고 휴대 전화 일정표에 '휴가 신청'이라고 적었다.

다른 출입국 카드에 내 이름을 쓰기 시작했다. 마지막 획에서 펜이 빗나갔다. 기체가 한쪽으로 기울어지기 시작했다. 컵에 담긴 물이 흔들리듯 명치끝이 울렁거렸다. 바닥으로부터 희미한 기계음이 들렸다. 랜딩 기어가 움직이고 있었다. 차가운 금속과 금속이 서로 붙었다가 떨어졌다. 잠시 후 바퀴가 활주로에 닿았음을 몸으로 느낄 수 있었다. 기체가 더 심하게 요동쳤다. 정지해 있던 바퀴가 마찰음을 내며 빠르게 회전했다. 엔진 소리가 크게 울렸다. 창밖 풍경은 가까스로 수평이 되었다. 잠깐 흔들렸을 뿐인데 그 순간 나는 어떤 거대한 힘이 뒤에서 나를 잠시 들었다 놓은 것 같은 기분이 들었다. 안전벨트 표지판에는 붉은 등이 켜져 있었다. 비행기는 활주로를 따라 천천히 움직였다. 선잠에서 깬 뒤부터 묵직한 요의가 아랫배를 누르고 있었다. 비행기가 멈췄다. 사람들이 술렁이기 시작했다.

출입국 관리소 직원들은 차가웠다. 잠이 덜 깬 사람들의 표정을 한 번씩 힐끗거리며 여권에 도장을 찍었다. 차례를 기다리던 사람들은 직원에게 여권을 건네고 선한 웃음을 지었다. 자신이 선의의 관광객이라는 인상을 주려 했다. 몇 명은 웃지 말라는 경고를 받았다.

화장실 타일에는 누군가 뱉어 놓은 침과 알 수 없는 얼룩이 묻어 있었다. 군데군데 페인트가 벗겨진 화장실 문은 난해한 추상 미술을 연상시켰다.

날개에 먼지를 잔뜩 얹은 환풍기는 작동과 멈춤을 반복했다. 세면대에서 손을 씻고 거울을 들여다봤다. 한껏 충혈된 눈동자와 뻗친 머리카락이 낯설었다.

공기 속에서 낯선 향신료 냄새가 났다. 자동문을 통해 입국장 안으로 들어온 사람들의 손에는 모두 우산이 들려 있었다. 우산 끝으로 물방울이 떨어졌다. 바닥에 긴 물 자국을 만들었다. 청소하는 사람은 보이지 않았다. 건물 밖으로 나서며 왼팔을 뻗어 손목시계를 살폈다. 시간을 읽기 전 미리 시차를 계산하지 않았다는 생각이 들었다. 비가 내리고 있었다. 입국장 밖에는 조도가 낮은 가로등 몇 개가 전부였다. 빗소리는 촘촘하고 사나웠다. 우산을 머리 위로 펼쳤을 때, 나는 안쪽에 초록색 애벌레가 붙어 있는 것을 발견했다. 자세히 보지 않으면 지나칠 만큼 가늘었다. 며칠 전 외출에서 돌아와 우산을 말릴 요량으로 아파트 복도에 펼쳐 놓았던 일이 기억났다. 애벌레는 끊어진 실처럼 움직이지 않았다. 나는 우산을 빙그르르 돌려 보았다. 애벌레는 곧 우산 색과 섞였다.

길 건너편에서 가이드로 짐작되는 남자가 여행

사 이름이 적힌 팻말을 번쩍 들었다. 아내와 나는 여행 가방을 끌고 이동했다. 여기저기 흩어져 있던 사람들이 가이드 쪽으로 움직이기 시작했다. 몇 대의 버스를 보내고 도로를 건넜다. 걸어가는 동안 바닥에서 튀어 오른 빗줄기가 바지를 적셨다. 양말을 적시고 구두를 적셨다. 간단한 인사를 마친 뒤 가이드는 함께 이동할 승합차의 뒷문을 열어 주었다. 여섯 시간 동안의 비행. 지루함을 달래기 위해 마셔 댔던 와인. 좁은 의자와 화장실. 엔진 쪽 자리의 소음. 차가 출발하자 목덜미가 뻣뻣해졌다. 뭉쳐 있던 와인의 숙취가 한꺼번에 몰려들었다. 차창에 머리를 대고 여행 가방 깊숙이 들어 있을 두통약을 생각했다. 거대한 야자수들이 한 방향으로 늘어서 있었다. 야자수의 갈라진 잎은 바람의 방향을 가리키며 거대한 덩굴손처럼 흐느적거렸다. 한차례의 빗줄기가 승합차의 얇은 지붕을 내리쳤다. 눈을 감고 천천히 심호흡을 했다. 숙취는 계속되었다. 그 작은 애벌레는 어떻게 우산 속으로 들어왔을까. 우산은 뒷좌석에 있었다. 애벌레에 대한 생각이 내 안을 꼬물꼬물 기어 다녔다.

호텔은 차로 40분 거리에 위치했다. 대기 중이던

포터들이 능숙하게 짐을 받았다. 로비 측면에는 거대한 괘종시계가 서 있었다. 투명한 관 같았다. 아래에 매달린 추가 일정한 간격으로 흔들리고 있는 것을 보며 손목시계의 시간을 조정했다. 자정이 훨씬 지난 시간이었다. 가이드가 아침 식사 시간과 다음 날 여행 일정을 간단히 알려 주었다. 여행 기간 동안 함께 이동할 일행은 모두 네 명이었다. 모자(母子)로 보이는 아주머니와 남자, 그리고 20대로 보이는 두 명의 여자. 아내와 나는 그룹 맨 뒤에서 가이드의 설명을 들었다. 비가 계속 오면 일정에 변동 사항이 생길지 모른다고 했다. 우리는 프런트에서 방 키를 받았다. 걸어가는 동안 깨끗하게 닦인 대리석 바닥 위로 샹들리에 불빛이 따라왔다. 나는 씻지도 않고 침대에 누웠다. 아내가 샤워하는 소리와 빗소리가 교차했다. 뺨에 닿는 베개의 감촉이 부드러우면서도 어딘가 낯설었다.

비는 다음 날까지 이어졌다. 아침 식사를 마친 뒤 아내는 속이 안 좋다며 방으로 올라갔다. 카페테리아는 야외에 있었다. 푸른색 천막 아래로 빗줄기가 쏟아졌다. 나는 토마토와 다진 고기가 들어간

오믈렛을 접시에 담아 커피와 함께 가져왔다. 손님 대부분은 서양인이었다. 옆을 지날 때마다 갓 뿌린 데오드란트 냄새가 났다. 작은 새들이 카페테리아 바닥에 하나둘 모여들었다. 짧은 다리로 바닥을 뛰어다녔다. 아내가 올라간 뒤 나는 테이블에 앉아 종업원에게 두 번째 커피를 부탁했다. 어제 보았던 모자와 여자 두 명이 반대편 테이블에서 따로 떨어져 식사를 하고 있었다. 커피 잔은 무늬 없이 매끄러웠다. 커피를 따르는 종업원에게 재떨이를 부탁했다. 그녀는 영어를 알아듣지 못했다. 주머니에서 담배를 꺼내 테이블에 재 떠는 시늉을 했다. 종업원의 선한 눈이 마음에 들었다. 손목시계를 다시 확인하고 담배에 불을 붙였다. 테이블 모서리로 형광색 깃털을 가진 새가 날아와 앉았다. 나는 새의 부리에 대고 손가락을 까닥까닥 움직여 보았다. 비는 그칠 기미가 보이지 않았다. 일정이 연기되었다. 로비에 모인 우리는 우선 다음 날 일정인 쇼핑센터를 먼저 방문하기로 합의했다. 음식이 맞지 않았는지 남자의 어머니가 배탈이 났다. 우리는 다시 한 시간가량을 기다렸다.

남자는 1층 라운지에서 정원을 바라보고 있었

다. 열대 지방 식물들은 경쟁이라도 하듯 잎을 좌우로 넓게 펼쳤다. 꽃잎 색깔은 금방이라도 흘러내릴 듯 위태로웠다.

"신혼여행이신가요?"

남자가 라이터를 건네며 물었다. 나는 물고 있던 담배를 입술에서 빼내며 고개를 저었다. 남자에게 담배를 권했다.

"저는 안 피웁니다."

남자가 손바닥을 들어 보이며 겸연쩍게 웃었다.

"어머니가 가끔 피우십니다. 자주 잃어버리셔서 그냥 제가 늘 갖고 다닙니다."

"어머니와 여행을 자주 다니시나 보죠?"

나는 담배 연기를 반대편으로 뱉으며 물었다. 남자가 고개를 끄덕였다. 비를 맞으며, 새들이 호텔 정원을 날아다녔다.

"비가 그칠 생각을 안 하네요."

내가 말했다.

"몇 년 전 이곳은 쓰나미로 큰 피해를 입었다죠."

남자가 말했다.

그날 해상 국립 공원과 휴양지로 유명한 몇 개

의 섬들이 물에 잠겼다. 해변으로 온갖 쓰레기가 밀려들었다. 건물은 무너지고 돌풍에 나무가 꺾여 나갔다. 많은 사람이 바닷물에 휩쓸렸다. 육지에서 찾지 못한 시신은 전부 바다 아래 가라앉아 있을 거라 했다. 말을 마친 뒤 남자는 다시 처음의 무표 정으로 돌아갔다. 나는 두 번째 담배에 불을 붙이 고 라이터를 돌려주었다. 남자가 라이터를 받았다. 손등이 형광등처럼 창백했다. 남자의 얼굴은 코를 중심으로 양쪽이 묘한 불균형을 이루고 있었다. 어 딘가를 응시할 때는 드러나지 않던 표정이 입을 열 고 말할 때는 비로소 얼굴 위로 나타났다. 남자 키 는 나보다 한 뼘 정도 더 컸기 때문에 우리의 눈은 서로 마주치지 않았다.

바다는 비바람을 맞으며 꿈틀거렸다. 바다 위에 는 비와 바람과 구름만 있었다. 나는 지금도 해저 에서 굴러다니고 있을 사람의 하얀 뼈를 생각했다.

우리는 라텍스 공장과 진주를 세공해 판매하는 작업장에 들렀다. 모두 관광객을 상대로 영업하는 곳이었다. 직원들은 이곳 제품이 한국에서 구입하 는 것보다 저렴하고 품질도 훨씬 뛰어나다고 설명 했다. 함께 왔던 여자들은 직원들에게 적극적으로 질문을 하고 제품의 장단점을 꼼꼼히 따졌다. 지갑을 열지는 않았다. 남자의 어머니는 들르는 곳마다 눈을 반짝였다. 그때마다 남자는 귓속말을 전하고 고개를 저었다. 식당에 들른 후 우리는 다시 호텔로 돌아왔다. 그날 마지막 일정이었다. 완만한 능선을 따라 모퉁이를 돌아 나오자 해변 도로가 바다를 따라 길고 시원스레 펼쳐졌다. 식당에서 나올 때부터 비는 그쳐 있었다. 바다 위로 햇빛이 내려앉았다. 먼 바다까지 선명하게 보였다. 화장지 조각 같은 배들이 떠 있었다. 시(sea) 워커와 다이빙을 즐기는 사람들이라고 가이드가 설명했다. 여행 일정에 포함된 코스 중 하나였다. 해가 긴 여름철이었다. 언덕을 내려가면서 차는 속력을 높였다. 바다 냄새가 진해졌다.

객실 발코니는 바다 전망이었다. 방에 들어서자마자 아내는 탄성을 질렀다. 전날 밤 도착한 뒤 전망을 확인할 기회가 없었다. 발코니 창은 천장부터 바닥까지 커다란 유리로 되어 있었다. 푸른 해변 풍경이 파노라마처럼 펼쳐졌다. 데스크에서 객실 열쇠를 건네받을 때 종업원이 "부에나 비스타"라고 말한 것이 기억났다. 과연 사실이었다. 창 양쪽 가장자리에는 오렌지색 커튼이 단정한 하인처럼 고정되어 있었다. 나는 끈을 풀어 커튼 간격을 조정했다.

발코니에는 작은 스툴을 사이에 두고 흔들의자가 두 개 놓여 있었다. 진한 갈색과 커피색이 적절히 섞인 고풍스러운 의자였다. 아내는 의자에 앉은 뒤 아이처럼 몸을 앞뒤로 흔들었다. 나는 방에서 재떨이를 가져와 옆자리에 앉았다. 우리는 흔들의자에 앉아 담배를 피웠다. 바다는 마르지 않는 수채화 같았다. 흔들의자는 체중을 싣고 흔들렸다. 부드럽고 완만한 곡선이 몸 안으로 파고들었다. 배속에는 이국적인 음식이 기분 좋게 소화되고 있었다. 나는 재떨이에 담배를 비벼 끄고 눈을 감았다. 몸속으로 들어온 곡선이 모기향처럼 동심원을 그리기 시작했다. 나는 곡선을 따라갔다. 잠시 후 동심원이 품고 있는 중심에 도착했다. 얼굴 위로 길고 따뜻한 바람이 스치고 있었다.

눈을 떴을 때 아내는 보이지 않았다. 대신 도마뱀이 앉아 있었다. 크기는 손바닥 정도였다. 허공을 향해 고개를 든 채 기침을 참고 있는 듯한 표정이었다. 텔레비전에서 보던 것과는 달랐다. 내가 몸을 움직이자 무심한 듯 고개를 돌려 나를 쳐다봤다. 나는 잠깐 망설였다. 먼저 움직인 쪽은 도마뱀이었다. 진공청소기 안으로 빨려 들어가는 전선처럼 순식간에 방 안으로 기어들어 갔다. 감탄할 만큼 재빠른 동작이었다. 도마뱀은 침대 밑으로 사라졌다. 엎드려 침대 밑을 살폈다. 어두워서 아무것도 보이지 않았다. 손을 뻗어 바닥을 더듬었다. 도마뱀은 위급한 순간에 제 꼬리를 자른다는데. 손 안에서 꿈틀거리는 파충류의 질감을 떠올려 보았다. 도마뱀 꼬리 대신 뭉쳐진 화장지와 콘돔 껍질, 과자 봉지를 차례대로 꺼냈다. 콘돔에서 흘러나온 액체가 손에 묻었다. 나는 손가락을 차례로 비비며 꼬리를 잃어버린 도마뱀을 생각했다. 아내가 목욕 타월로 몸을 가린 채 욕실에서 나왔다.

"안 씻어?"

아내가 말했다.

나는 아무 일 없었다는 듯 욕실로 들어갔다. 샤워 커튼이 욕조 밖으로 나와 있었다. 바닥은 미끄러웠다. 욕실 전체에 물기가 가득했다. 거울은 수증기로 덮여 있었다. 나는 거울을 손바닥으로 둥글게 닦았다. 그곳을 한동안 쳐다보았다. 하나씩 옷을 벗고 거울 앞에 섰다. 도마뱀은 침대 밑으로 들어갔다. 나는 수증기가 남은 거울 귀퉁이에 도마뱀의 납작한 발을 그려 넣었다.

호텔에서 이른 저녁 식사를 마친 뒤 아내와 산책을 나섰다. 화려한 깃털을 뽐내며 온갖 종류의 새들이 야자수 주위를 분주히 날아다녔다. 사람을 피하지 않았다. 마음만 먹으면 잡을 수 있을 것 같았다. 호텔 수영장에는 몇 명의 외국인들이 모여 술을 마시고 있었다. 모두 20대 초반쯤으로 보였다. 남자들은 아베크롬비 모델을 연상시키는 매끈한 바디에 군살 없이 탄탄한 근육과 적당히 그을린 피부를 가졌다. 비치 체어에 앉은 여자들은 한결같이 비키니를 입고 있었다. 나는 그중 유난히 가슴이 큰 여자와 눈이 마주쳤다. 고개를 돌리려던 찰나 여자가 들고 있던 술잔과 함께 미소를 띤 채 말했다.

"헬로우."
"헬로우."
앵무새가 된 기분이었다. 아내가 옆구리를 쿡 찌

르더니 앞서 걸어갔다.

호텔은 도로를 사이에 두고 바다와 맞닿아 있었
다. 아내와 나는 신발을 벗어 들고 해변까지 걸었
다. 야자수를 경계로 본격적인 백사장이 펼쳐졌다.
모래가 손깍지 끼듯 발가락 사이로 파고들었다. 해
변에는 이미 많은 사람들이 노을을 즐기고 있었
다. 비치 타월 위로 선탠을 즐기는 커플을 지나 우
리는 백사장 끝까지 걸었다. 커다란 가방을 내려놓
은 배낭 여행자들은 이제 막 펼쳐지는 석양을 바라
보고 있었다. 바다와 백사장과 사람들이 모두 같은
색으로 물들었다. 아내는 옷을 벗기 시작했다. 언
제 준비했는지 옷 안에 하늘색 비키니를 입고 있었
다. 나는 아내가 이끄는 대로 바다로 걸어 들어갔
다. 물은 따뜻했다. 한참을 걸었는데도 수심은 깊
어지지 않았다. 바닷물은 줄곧 허리쯤에서 출렁였
다. 수평선 멀리, 갈매기가 조업 중인 배 주위를 선
회하고 있었다. 바닥에 깔린 돌멩이를 피해 조심스
럽게 걸었다. 차츰 해변에 벗어 놓은 짐이 걱정됐
다. 이미 멀리 걸어 나왔다. 출렁이는 물결 말고 주
위엔 아무도 없었다. 어느새 아내도 보이지 않았
다. 해변 쪽을 돌아봤다. 아내의 옷가지와 내 가방

이 희미한 점으로 보였다. 가방에는 여권과 지갑이 들어 있었다. 배낭 여행자들의 추레한 차림새와 까만 맨발이 떠올랐다. 가이드는 틈만 나면 개인 소지품을 주의해야 한다고 일러 주었다. 면피용 멘트라고 흘려들었던 것이 후회됐다. 그만 돌아가야 한다. 나는 몸을 돌려 해변 쪽으로 걸음을 옮겼다. 마음이 급해졌다. 잔잔하던 물살이 거세게 앞을 가로막았다. 제법 큰 바위에 오른발이 걸려 물속으로 넘어지고 말았다. 귀로 바닷물이 들어왔다. 놀라서 입을 벌리는 바람에 바닷물을 한 모금 마셨다. 눈이 따가웠다. 코가 시큰해지면서 침이 흘렀다. 누군가 우리가 벗어 놓은 옷 쪽으로 다가가는 모습이 보였다. 나는 부지런히 발을 움직였다. 물결이 높은 점성으로 허리를 휘감았다.

　대중목욕탕에서 누군가 내 옆자리로 다가와 앉은 적이 있다. 지방 출장 온 날이었다. 늦은 술자리를 파하고 찜질방으로 향했다. 목욕탕 안에는 아무도 없었다. 종업원이 슬리퍼를 끌고 들어와 탕의 물을 새로 받기 시작했다. 나는 간이 의자에 앉아 때수건으로 팔뚝과 옆구리를 문지르기 시작했다. 그때 문이 열리며 한 남자가 들어섰다. 한동안 주위를 살피던 남자는 곧이어 내 옆자리에 앉았다. 샤워기를 틀어 수온을 확인하더니 내게 무슨 말을 할 것처럼 머뭇거렸다. 나는 슬슬 불쾌해졌다. 자리에서 일어나 샤워기가 붙어 있는 벽 쪽으로 걸어갔다. 머리를 감으면서도 그가 내 뒷모습을 보고 있을 것 같았다.

가까스로 해변에 도착하니 벗어 놓은 옷과 가방은 그대로 있었다. 숨을 헐떡이는 내 모습이 금세 주위의 이목을 끌었다. 바위에 부딪쳤던 엄지발가락에서 피가 배어 나왔다. 손을 모아 피를 짜냈다. 상처에 모래가 엉겨 붙었다. 아내가 의아한 표정을 지은 채 바다에서 걸어 나왔다. 그때 목욕탕에서 만난 남자는 단지 내게 서로의 등을 밀어 주면 좋겠다는 말을 하고 싶었는지도 몰랐다.

화장실에서 물이 새고 있다. 눈을 뜬 나는 침대에서 몸을 일으켰다. 협탁 위 시계는 새벽을 가리켰다. 방바닥에는 차가운 달빛이 그림자를 기다리며 침묵하고 있었다. 그때 다시 소리가 들렸다. 틀림없이 물방울 소리다. 그것은 반쯤 열린 화장실 안쪽에서 시작됐다. 한 방울의 물방울이 기원을 알 수 없는 무(無)의 영역에서 태어난다. 그리고 매 순간 잠든 내 의식을 깨우기 위해 차가운 소리로 사라진다. 물방울과 물방울은 9초의 간격을 가졌다. 프런트에 전화를 넣을까 하다 시간을 확인하고 다시 누웠다. 어느새 나는 9초를 세고 있었다. 그동안 아내는 얕은 숨소리를 네 번 반복했고, 파도는 세 번 해변에 닿았다. 나는 볼을 두 번 긁었고 누워 있는 자세를 한 번 바꿨다. 수도관의 밸브는 정확히 9초만큼 헐거워져 있었다. 옷을 갈아입고 방을 나섰다. 복도는 한쪽 면이 야외로 개방되어 있다. 그쪽은 완벽한 어둠으로 희미한 윤곽조차 찾을 수 없었다. 간간이 바람에 스치는 나뭇잎 소리가 들렸다. 얇은 날개를 지닌 곤충들의 집단 이주를 연상케 했다. 복도는 길고 복잡했다. 엘리베이터에는 '수리 중'이라는 쪽지가 붙어 있었다. 계단 게시판에 누군가 영어로 욕을 써 놓았다. 나는 모래를 깔아 놓은 재떨이에 피우던 담배를 꽂았다.

직원에게 방 호수를 말한 뒤 수도 밸브가 헐거워진 것 같다고 했다. 데스크 아래 엎드려 있던 직원은 능숙한 영어로 확인하겠다고 했다. 하지만 오늘은 시간이 너무 늦어 수리는 내일 오전에야 가능

하다고 덧붙였다. 나는 손목시계를 확인하고 다시
한 번 잠을 깨워 미안하다는 말을 전했다. 직원은
깔끔한 미소로 답했다. 어느 순간 웃고 있던 직원
의 시선이 내 등 뒤로 향했다. 무심결에 나는 고개
를 돌렸다. 어머니와 여행을 왔다던 남자가 로비를
가로질러 걸어가는 중이었다. 통이 넓은 파란색 반
바지에 샌들을 신고 한 손에는 맥주를 담은 종이
팩을 들고 있었다. 남자가 걸음을 멈추더니 프런트
쪽을 돌아봤다.

"이 시간에 어쩐 일이세요?"

내가 묻고 싶은 말이었다.

남자는 잠이 오지 않아 맥주를 샀다고 했다.

"사다 보니 많은데, 괜찮으시면 같이 드시겠습니
까?"

주저하듯 남자가 말했다.

마다할 이유가 없었다. 직원에게 비닐봉지를 빌
릴 요량으로 잠시 주춤하는 사이,

"가시죠."

남자가 말했다. 그러고는 큰 걸음으로 로비를
지나 성큼성큼 걸어가기 시작했다. 나와 눈이 마
주친 직원은 여전히 단정한 미소로 나를 응시하고

있었다.

"부에나 비스타."

직원이 말했다.

여기서는 저 말이 인사처럼 쓰이는 모양이다. 나는 빠른 걸음으로 남자를 따라잡았다. 우리는 해변으로 향했다.

바다는 커다란 유리병에 담긴 잉크 같았다. 바람의 방향은 자주 변했다. 우리는 맥주를 가운데 두고 백사장에 앉았다. 공항이 근처에 있는지 비행기가 낮게 날았다. 작은 불빛을 깜빡이며 밤하늘 속으로 사라졌다.

남자는 손아귀에 모래를 한 움큼 쥐더니 공중으로 뿌렸다. 결이 고운 모래는 바람을 타고 한동안 공중에 머물렀다.

"폭풍이 언제쯤 도착하는지 아십니까?"

내가 물었다.

이맘때쯤 바다에서 발생한 폭풍은 육지에 닿기 전에 그대로 사라지거나 바람의 영향으로 진로를 변경하기도 했다.

"운이 좋으면 섬을 비켜 갈 수도 있겠네요?"

내가 말했다.

"운으로 되는 일이 있을까요? 그렇게 믿고 싶은 환상만 있을 뿐이지요."

냉소적인 어투에 나는 순간 움츠러들었다.

남자는 내 결혼 생활을 궁금해했고, 나는 연애에 대해 대답했다. 남자는 만나고 있는 사람이 있다고 했다.

"그녀는 귀가 참 예뻤습니다."

남자는 모래알을 헤아리며 말했다.

"귀는 단순히 귓구멍 주위에 있는 살과 연골인데, 보고 있으면 이상한 기분이 들곤 합니다. 특히 귓불은 사람의 살 가운데 단지 아름다움을 위해 존재하는 살이니까요."

남자의 귀에는 귀걸이를 했던 작은 구멍이 뚫려 있었다.

결혼을 결심하고 나서 남자는 정식으로 여자의 집을 방문했다. 말끔한 양복 차림에 새로 산 구두를 신었다. 구두가 조금 뻑뻑하다 느꼈는데 결국 지하철 출구에서부터 뒤꿈치가 까지더니 나중에는 걸을 때마다 절뚝이게 되었다. 그녀의 집은 지하철에서 한참을 더 걸어가 가파른 오르막 끝에 있었다. 주변 집들은 모두 높은 담장을 가졌다. 오르막을 걷는 동안 남자는 일렬로 도열한 집들의 높은 담장과 거대한 차고 출입문에 점점 위축되었다. 집집마다 고풍스러운 소나무들이 높은 담장 너머 뻗어 있었다.

길을 걷는 사람은 남자뿐이었다. 한 사람도 볼 수 없었다. 너무 조용했다. 깔끔하게 정돈된 정적에 남자는 자신이 현대 건축물 전시회장에 있는 듯한 착각이 들었다. 오히려 간간히 들리는 새소리가 현실적으로 느껴졌다.

손에는 근처 마트에서 구입한 과일 바구니를 들었다. 바스락. 바스락. 과일을 포장한 투명 비닐이 자꾸 신경 쓰였다. 장인이 될 사람에게 좋은 인상을 남기고 싶었다. 하지만 그날 자신의 과일 바구니가 어떤 취급을 당하게 될지 남자는 미처 알지 못했다. 중세 시대 성문을 연상시키는 대문 앞에 도착한 남자는 호흡을 가다듬었다. 노을이 깔리기 시작한 시내 전경이 한눈에 내려다보였다. 남자는 번지수를 다시 한 번 확인하고 신중하게 초인종을 눌렀다.

철컥.

대문 걸쇠 열리는 소리를 확인하고 손가락으로
문을 밀어 보았다. 대문에서 현관까지는 다시 높은
대리석 계단을 지나야 했다. 현관에서 남자를 맞이
한 것은 가정부였다. 슬리퍼로 갈아 신는 남자 앞
으로 육중한 그림자가 드리워졌다. 고개를 들자 커
다란 개 한 마리가 남자를 의뭉스런 눈길로 쳐다
보고 있었다. 털이 길고 골격이 매끄러운, 할리우드
영화에 나옴직한 개였다. 남자는 언젠가 들은 적
있는 개의 품종을 기억하려 했다. 개는 남자를 경
계하지 않았다. 다만 코를 몇 번 들썩이더니 '당신
은 낯선 사람이군'이라고 하는 듯 고개를 끄덕였다.
그리고 느린 걸음으로 주인에게 돌아갔다.

실내는 어두웠다. 테이블 끝에 앉은 그녀의 아
버지는 빛을 등지고 있어 표정을 읽기가 힘들었다.
그 옆에 그녀의 어머니가 미동도 없이 앉아 있었
다. 귀 아래로 형이상학적인 귀걸이가 길게 늘어져
있었다. 귀걸이는 방 안의 희미한 빛에도 예민한 성
감대처럼 반짝였다. 침묵은 오래 지속됐고 공기는
무겁게 가슴을 짓눌렀다. 그는 자신이 들고 왔던
과일 바구니가 아직 주방 식탁에 놓여 있는 것을

보았다. 바나나 한쪽 면이 검게 변해 있었다. 그 위로 파리 한 마리가 앉았다.

얘기는 잘 들었다만, 네가 말하는 진심만으로 해결할 수 없는 게 있다. 그건 사람들이 모두 알고 있지만, 그래서 더욱 서로에게 말하지 않는, 공공연한 비밀인 셈이다. 기도만으로 모든 것이 이루어진다면 아무도 일 같은 걸 하지 않겠지. 자네에게는 어떤 믿음이 있지만 내가 말하고 싶은 건 그것보다 구체적으로 손에 잡히는 것, 보다 분명한 확신이다.

그는 앞에 놓인 술잔을 물끄러미 바라보며 방금 들은 말을 되새겼다. 술잔에는 목선이 매끈한 사슴이 그려져 있었다. 그는 엄지에 힘을 주어 술잔을 잡았다.

"그리고 무엇보다,"

그녀의 아버지는 잔에 술을 채워 주며 너그러운 사채업자처럼 말했다.

"노력으로 이룰 수 있는 것은 정해져 있다."

말을 마친 남자는 동의를 구하듯 나를 쳐다봤다. 말을 멈추자 파도 소리가 훨씬 가깝게 들렸다.

비가 내리기 시작했다. 비는 옅은 안개를 타고 내렸다. 한기가 느껴져 맥주를 한 모금 더 마셨다. 남자가 가방에서 작은 우산을 꺼냈다. 빨간 우산이었다.

"그녀가 준 우산입니다."

남자가 말하며 우산을 폈다.

"비 오는 날이면 그녀는 항상 내 우산을 접어 줬습니다. 우산을 몇 번 펼쳤다 모으며 물기를 털어 낸 뒤 살을 가지런히 모아 천이 겹치지 않게 차곡차곡 펴서 접습니다. 커피숍 앞에서, 식당 앞에서, 도서관 앞에서, 그녀의 자취방 앞에서, 그녀가 내 우산을 접는 동안 저는 주인을 기다리는 강아지처럼 얌전히 서 있습니다. 그녀가 우산을 접는 모습은 때로 경건하기까지 해서 그 앞에서 시간은 아주 느리게 흘러가는 듯했습니다."

애벌레가 들어 있던 내 우산이 생각났다. 우산은 아직 승합차에 있었다. 나는 다시 그 애벌레가 어떻게 우산 속으로 들어왔는지 생각해 보았다.

"그날, 술을 잔뜩 마셨습니다. 술기운을 빌려 어떤 말이라도 해 볼 요량이었지만 결국 뜻대로 되지 않았습니다. 쫓기듯 그녀의 집에서 나온 저는 무작정 걸었습니다. 될 대로 되라는 심정이었습니다. 낯선 곳이었습니다. 낡은 슈퍼마켓 모퉁이를 도는데 누군가 제 팔을 잡아당겼습니다. 그 힘은 부드러우면서도 어딘가 애절한 구석이 있었습니다. 저는 이끌리는 대로 제 팔을 맡겨 두었습니다.

그런 곳에 가 보셨는지 모르겠지만, 저는 처음이었습니다. 좁은 복도를 지나 다섯 평 정도 되는 방으로 들어갔습니다. 천장에는 붉은 등이 켜져 있었습니다. 조그마한 냉장고, 쓰레기통. 가구라고는 침대 하나와 낡은 책장이 전부였습니다. 저를 데리고 왔던 여자는 잠시 후 물이 담긴 세숫대야와 수건을 가지고 들어왔습니다. 저는 시키는 대로 담담히 옷을 벗었습니다. 여자가 팬티를 벗겨 주었습니다. 그리고 저를 침대에 앉히더니 바닥에 책상다리를 하고 앉았습니다. 젖은 수건으로 발기된 제 성기를 닦기 시작했습니다. 왠지 부끄러워하면 그 여자가 더 곤란할 거 같다는 생각이 들었습니다. 딴에는 누군가 제 성기를 그렇게 조심스레 만지는 느낌이 싫지 않았습니다. 여자의 혀는 부드러웠습니다. 여자가 세숫대야를 들고 밖으로 나간 사이 방안을 둘러보았습니다. 책장에 싸구려 인형과 시디 몇 장이 눈에 띄었습니다. 저는 여자가 들어오기 전에 시디 한 장을 제 외투 주머니에 넣었습니다. 방으로 들어온 여자는 긴 원피스를 벗고 순식간에 알몸이 되었습니다. 그리고 저를 먼저 눕히더니 제 위로 올라왔습니다."

남자는 잠시 말을 끊고 담배가 있냐고 물었다.

나는 주머니에서 담배와 라이터를 꺼냈다.

"아침에 일어난 저는 옷을 챙겨 입었습니다. 여자는 자고 있었습니다. 밤새 비가 왔는지 가로수 가지마다 물방울이 맺혀 있더군요. 집으로 가는 버스에 오르자마자 눈을 감았습니다. 마침 한 남자가 버스에 올라탔습니다. 버스가 막 시내를 빠져나오기 전이었습니다. 남자는 빈자리를 눈대중으로 훑더니 제 옆자리에 앉았습니다. 남자는 무척 피곤해 보였습니다. 겨울철에 맞지 않는 얇은 점퍼 차림에, 몸에서는 시큼한 땀 냄새가 났습니다. 저는 고개를 돌리고 손으로 코를 살짝 가렸습니다. 남자는 이내 잠이 들었습니다. 버스가 커브를 돌 때였습니다. 남자의 옆구리 살이 제 팔꿈치에 닿았습니다. 남자가 숨을 쉴 때마다 그의 처진 옆구리 살이 부풀었다가 줄어들면서 제 팔꿈치를 스치는 겁니다. 그건 마치 비닐봉지에 담긴 순두부 같았습니다. 방금 전까지 살을 맞대고 있었던 여자 생각이 났습니다. 외투 안에 있는 시디를 꺼내 살펴봤습니다. 그녀가 좋아한다고 말한 적 있는 가수의 음반이었습니다. 저는 시디를 남자 옆자리에 두고 버스에서 내렸습니다."

파도 소리는 규칙적이었다. 폭풍우는 아직 바다 저편에 있을 거라 생각되었다. 남자는 들고 있던 맥주병을 단숨에 비웠다. 병을 곧게 세울 때 턱과 목선이 깨끗하게 드러났다. 남자는 빈 맥주병을 한 번 흔들어 보더니 바다 쪽으로 던졌다. 병은 공중에 포물선을 그린 뒤 떨어졌다. 바다는 두터운 융단 같았다. 나는 병의 궤적을 눈으로 쫓았다. 그것은 남자가 던진 힘과 같은 크기의 힘으로 저 바다 어딘가에 닿을 것이다. 손끝이 떨렸다. 그리고 간지러웠다. 바다에 떨어진 병은 해저로 가라앉을 것이다. 병 속으로 바닷물이 들어온다. 가득 찬다. 병에 담긴 바닷물이 가라앉는다. 바닷물은 수심에 따라 염분의 농도와 색깔이 다르다. 맥주병은 근해의 농도와 색깔을 심해로 운반했다.

맥주가 다 떨어지자 남자는 자리에서 일어났다.

술이 더 필요하다고 했다. 따라나서려는 나를 만
류하고 그는 전등 빛을 밝힌 가게 쪽으로 휘적휘적
걸어갔다. 나는 빨간 우산을 쓰고 오랫동안 바닷가
에 앉아 있었다.

여행 마지막 날 저녁이었다. 아내는 시내 구경
을 하고 싶어 했다. 나는 밤거리를 조심하라는 가
이드 말을 상기시켰다. 아내는 벌써 옷을 갈아입고
있었다.

호텔에서 불러 준 택시를 타고 우리는 시내로
향했다. 번화가는 비에 젖어 있었다. 개방형 술집
라운지에서 핫팬츠와 탱크탑을 입은 여자들이 봉
에 매달려 춤을 추고 있었다. 야외 테이블에 혼자
앉아 술을 마시는 남자들은 모두 나이 많은 백인
들이었다. 아내는 그들이 여자를 기다리고 있는 거
라고 했다. 곧이어 여자가 다가와 그들 중 한 명의
테이블에 앉았다. 둘은 모종의 협상을 마치고 함께
자리에서 일어났다. 다른 이들은 부러운 눈길을 거
두어 자신의 술잔에 담았다. 비에 젖은 개가 앙상
한 갈비뼈를 드러낸 채 골목 안쪽으로 사라졌다.

전쟁이 많던 나라였다. 남자아이들은 목울대가

돌을 때부터 전쟁터로 끌려갔다. 전쟁은 끝없이 이어졌고 돌아온 남자들은 또 다른 전쟁터로 향해야 했다. 마을에는 노인과 여자만이 남았다. 어느 순간부터 남자아이에게 여장을 시키는 풍습이 생겼다. 군인들은 여자를 데려가지 않으니까. 아이들은 여자처럼 행동하고 말하는 법을 배웠다. 자존심보다 목숨을 지키는 것이 중요했다. 도시로 나간 아이들은 몇 년 후 여자가 되었다. 도시에는 그런 여자가 많았다. 대부분 클럽에서 춤을 추면서 돈을 번다고 했다.

시내 호텔 앞에 삼륜 자동차가 모여 있었다. 뒷좌석에는 투명한 비닐이 쳐져 있었고, 붉은 등이 조명 역할을 했다. 아내와 나는 짐칸을 개조한 뒷좌석에 마주 보고 앉았다. 번화가를 지나 차에 속력이 붙자 운전사가 밥 말리의 「노 워먼 노 크라이」를 틀었다. 아내가 발로 리듬을 맞췄다. 붉은 빛이 도는 비닐 위로 빗물이 부딪쳤다. 가로등의 간격이 넓어지면서 주위는 캄캄해졌다. 어느 순간 비가 그치더니 바람 속에서 풀 비린내가 났다. 언덕의 경사가 심해지자 엔진이 가래 끓는 소리를 내며 덜컹거렸다. 보름달이 뜬 하늘로 얇고 하얀 구름이 떠 있었다. 삼륜 자동차는 호텔 후문 쪽에 도착했다. 키가 큰 야자수들이 바람을 따라 커다란 잎을 무료하게 흔들고 있었다. 간간히 파도 소리가 들렸다. 백사장이 보고 싶었다. 바다 쪽에서 소금 바람이 불었다. 나는 지갑에서 돈을 꺼낸 뒤 음악에 대한 답례로 약간의 팁을 따로 건네주었다. 그는 고개를 약간 기울여 지폐의 수를 가늠하더니 싱긋 웃었다. 거무튀튀한 입술 안에는 의외로 하얀 이빨이 가지런히 모여 있었다. 아내가 옆에서 내 셔츠를 잡아당겼다. 해안 도로 아래에서 파도가 사납게 몰아쳤다. 파도를 놓친 바람이 방파제 위로 넘어왔다. 그는 차 문에 달린 손잡이를 돌려 차창을 올렸다. 그리고 나를 힐끗 쳐다보며 엄지를 치켜세웠다. 가로등이 드문드문 켜진 해안 도로. 삼륜 자동차가 반딧불처럼 빨간 후미등을 꽁무니에 단 채 어두운 언덕길을 따라 멀어지고 있었다. 나는 둥글게 손을 모아 혼잣말을 한 뒤 양손을 비볐다.

호텔은 어둡고 조용했다. 우리는 정원을 가로질러 카페테리아로 이동했다. 발끝이 보이지 않아 걸음을 떼기가 조심스러웠다. 아무것도 보이지 않았다. 그것은 마치 태아를 감싸고 있는 압도적인 어둠과 같았다. 움직이지 않으면 시간마저 멈춰 버릴 듯했다. 거대한 식물이 고개를 숙이고 우리를 내려다보고 있었다. 나는 남자가 묵고 있는 방을 눈대중으로 짐작해 보았다. 대부분 객실에 불이 꺼졌다. 그때 한 객실에서 누군가 커튼을 젖혔다. 많은 빛이 한꺼번에 쏟아졌다. 아내와 나는 걸음을 멈췄다. 그림자가 생겼다. 나는 앞서가는 아내의 그림자가 길게 늘어지는 모습을 지켜봤다.

프런트 데스크는 비어 있었다. 수도 밸브 수리가 끝났는지 확인해 보고 싶었다. 아내가 의아한 눈빛으로 나를 올려다보았다. 나는 별일 아니라는 듯 웃으며 불이 켜진 복도를 향해 걸음을 옮겼다.

테라스 처마 밑으로 물방울이 떨어지고 있었다. 물방울은 대리석 바닥에 단말마를 남기고 사라졌다. 하지만 물방울에서 벗어난 소리는 우리가 방으로 걸어가는 동안 복도를 흔들며 따라왔다.

드라이브

미

달은 자꾸만 부풀어 오른다.

운전석 밖으로 손을 내민다. 손가락 사이로 물컹한 감촉이 지나간다. 바람이다. 차를 멈춘다면 바람은 사라질 것이다. 나는 좀 더 속력을 높인다. 그리고 어둠, 그 안에서 나를 앞으로 밀어내는 힘을 느낀다. 달은 아직 멀리 있다.

미처 준비하지 못하고 맞게 되는 순간이 있다. 나는 운전을 하며 물을 마신다. 생수병 뚜껑을 주머니에 넣는다. 룸미러를 쳐다본다. 어둠은 모든 빛을 소유하고 있다.

서른 살이 되던 해에 나는 그녀와 함께 살기로 결정했다. 당시 그녀는 마흔 살이었다.

우리 사이에는 10년이라는 간극이 있었다. 그녀에게는 이미 지나온 시간이었고 나는 아직 경험하지 못한 시간이었다. 돌이켜 보면 나는 의식적으로 그 공백을 무시하려 했다. 혹은 여러 가지 시도를 통해 어떻게든 그 차이를 좁히고 싶었는지 모른다. 하지만 그녀는 기다려 주지 않았다.

당시 나는 대학원에 재학 중이었다. 실업률은 매년 최고치를 경신했고 경제난에서 비롯된 범죄가 연일 뉴스 지면을 장식했다. 학문은 대학이라는 울타리를 벗어나면 시시해졌다. 그렇다고 실업자가 되기는 싫었다. 대학원은 좋은 명분이 되었다.

그녀는 문학 관련 잡지사에 근무하는 과장이었다. 나와는 특집 코너 기획 회의를 통해 만났다. 지도교수가 소개시켜 준 아르바이트 자리였다. 명함에는 '기획팀 과장 황인영'이라는 활자가 인쇄되어 있었다.

"과장님이라고 불러야 하나요?"

처음 만난 자리에서 내가 물었다.

"그냥 이름이 편해요."

준비해 온 서류를 바인더에서 솜씨 좋게 분리하며 그녀가 말했다. 그때부터 그녀가 마음에 들었다.

그녀는 흘러내린 머리카락을 귀 뒤로 넘기고 살짝 고개를 숙였다. 초승달 모양의 은빛 귀걸이가 반짝이며 흔들렸다.

새로운 시작을 알리는 휘장이었다.

우리는 한동안 말없이 기획안을 읽어 갔다. 커피숍에는 사람들이 만들어 내는 무해한 소음이 가득했다. 그녀는 한 단락에 대한 검토를 끝낼 때마다 검지 손톱으로 테이블을 두드렸다. 그때마다 손톱이 묘한 단절음을 만들었다. 그 소리는 내게 예기치 못한 노크를 연상시켰다.

어느 순간 나는 그녀의 질문을 듣지 못했던 모양이다. 고개를 들었을 때 맞은편에 앉은 그녀가 나를 빤히 바라보고 있었다.

"이렇게 진행해도 될까요?"

그녀가 다시 물었다.

안경 안에 머루 같은 눈동자가 빛났다. 그 아래에는 대칭이 완벽한 코가 얼굴의 중심을 잡고 있다.

"그렇게 하시죠."

내가 대답하자 그녀의 양쪽 입꼬리가 보기 좋게

위로 올라갔다. 매력적인 미소였다. 마치 얼굴의 모든 부분들이 세상에서 가장 매력적인 미소를 위해 서로 유기적인 협력을 하고 있는 듯했다. 몇 분 전 그녀가 커피숍에 들어설 때부터 나는 알 수 있었다. 그녀는 베이지 색 트렌치코트 안에 그레이 계열의 블라우스를 입고 있었다. 한 손에는 심플한 장식이 달린 핸드백을 들었다. 검은색 하이힐 위로 한 쌍의 종아리가 그리스 사원 기둥처럼 매끈하게 솟아 있었다. 그녀는 주위를 둘러보며 자연스럽게 목에 감긴 머플러를 풀었다. 그러고는 시간을 들여 머리카락을 정리했다. 창가에 앉은 나를 발견하고는 얼굴에 미소를 띤 채 걸어왔다. 나는 자리에서 일어나 그녀를 맞았다. 가까이 보니 봉긋하게 솟은 가슴 윤곽이 블라우스 위로 돋아나 있었다. 가는 목선을 따라 목걸이가 늘어져 있었는데 펜던트는 블라우스에 가려 보이지 않았다. 얼굴은 작은 편이었고 동그란 눈이 어둡고 깊었다. 자리에 앉은 그녀는 지갑에서 명함을 꺼냈다. 나는 받은 명함을 커피 잔 옆에 놓고 그녀의 이름을 소리 없이 발음해 보았다. 그리고 호칭을 어떻게 정리해야 할지 고민했다.

나는 그녀가 준비해 온 자료에서 몇 가지 아카
데믹한 부분에 추가 의견을 제시하고 자리를 정리
했다.

"어디까지 가세요? 괜찮으면 태워 드릴 수 있는
데."

그녀가 말했다.

나는 절반쯤 남은 커피 잔을 들어 보이며 좀 더
남아 있겠다고 했다. 그녀는 들어왔던 모습의 역순
으로 자리를 정리했다. 트렌치코트를 여미고, 목에
머플러를 감았다. 관련 서류를 핸드백에 담았다.
그리고 만남을 마무리하는 의식인 듯 무릎에 손을
올리고 허리를 세워 몸을 곧추세웠다. 나는 가볍게
목례를 했다.

그녀가 자리에서 일어난 뒤 나는 명함을 다시
살펴봤다. 가장자리가 라운딩 없이 직각으로 깔끔
하게 제단되어 있었다. 그 각도를 그녀가 앉았던
의자의 모서리와 비교해 보았다. 마침 창밖으로 그
녀가 타고 온 차가 지나가고 있었다. 흰색 마티즈였
다. 나는 시선의 높이로 손을 들어 지우개를 잡듯
멀어지는 마티즈를 뒤로 살짝 잡아당겼다. 마티즈
는 멈칫하더니 곧 앞으로 달려갔다.

그녀와 만나는 2년 남짓의 시간 동안 마티즈는 두 번의 사고를 당했다.

그날 우리는 교외에 위치한 마트를 다녀오던 길이었다. 교차로를 지나 지름길로 접어들 때쯤 펑 소리가 났다. 마티즈는 점차 속력이 줄더니 멈췄다. 정확히 말하면 그녀가 차를 세웠다. 시골길 한가운데였다. 가로등이 인색한 도로였다. 멈췄던 풀벌레 소리가 요란스레 주위를 감쌌다. 방금 전에 빠져나온 마트의 노란 전광판 불빛이 멀리 보였다. 그녀는 운전석에서 내려 타이어를 난감한 표정으로 쳐다봤다. 공기가 빠진 왼쪽 타이어는 지면에 바짝 닿아 있었다. 덕분에 차는 자연스레 왼쪽으로 기울어졌다. 낡은 타이어가 자연스레 마모가 된 것인지, 도로에 있던 못을 밟은 것인지 캄캄한 도로에서는 확인할 수 없었다.

나는 도로 옆 논두렁에 쭈그려 앉아 담배를 피웠다. 손등 위로 밤공기가 내려앉았다. 입에 담배를 물고 손을 비볐다.

"지금, 웃음이 나와?"

그녀가 어이없다는 듯 물었다. 그리고 같이 웃었다.

나는 자꾸 웃음이 났다. 그녀는 발로 차를 몇 번 흔들어 보더니 내 옆에 와서 앉았다. 우리는 아무 말도 하지 않았다. 자정이 막 넘은 시간이었다. 마티즈 뒷좌석에는 마트에서 구입한 우리의 한 달치 식량이 쌓여 있었다.

　자리에서 일어난 그녀가 펑크가 난 차체 쪽으로 걸어갔다. 그리고 짜증 섞인 목소리와 함께 타이어를 발로 찼다. 마티즈가 움찔거렸다. 생각보다 많이 움직인다 할 때쯤 마티즈는 논두렁 쪽으로 슬금슬금 미끄러지더니 결국 아래로 떨어지고 말았다. 전날 내린 비로 흙이 아직 무른 상태였다. 한바탕 소동이 지나고 우리는 멍한 눈으로 서로를 쳐다봤다.

　나는 열린 창문으로 기어들어가 생수와 빵을 꺼냈다. 그녀는 구석에서 바나나를 찾아냈다. 기름이 묻은 손을 바지에 문질러 닦고 빵 봉지를 뜯었다. 빵을 한 입 베어 물었다. 혓바닥은 양쪽 어금니 사이를 부지런히 옮겨 다니며 빵 조각을 운반했다. 침과 섞인 빵이 반죽처럼 부드러워졌다. 입안이 풍성해지는 느낌이었다. 바닐라 향기가 났다.

　우리는 바나나를 한 입씩 베어 물고는 껍질을

도로 쪽으로 던졌다. 차는 논두렁에 박혀 움직일
줄 몰랐다. 나는 두 번째 빵 봉지를 뜯었다.

마티즈는 변속기가 수동이었다. 그때는 그런 차
들을 종종 발견할 수 있었다. 수동 변속기 차량은
운전하기 까다롭다. 처음 그녀 대신 운전석에 앉았
을 때 나는 시동을 몇 번이나 꺼트렸다.

"당황하지 말고, 침착하게. 무조건 페달을 밟는
다고 차가 나가는 건 아니야."

조수석에 앉은 그녀는 이 정도는 예상했다는 듯
아무렇지 않게 말했다.

"우선 왼발을 클러치에서 천천히 떼. 그러면서
보조를 맞춰서 브레이크를 밟고 있던 오른발을 엑
셀로 옮겨. 발뒤꿈치 들지 말고, 뒤꿈치를 축으로
해서 앞발만 옮기는 거야. 왼쪽에서 오른쪽으로.
왼발 떼고, 오른발 밟고. 쉽지?"

전혀 그렇지 않다. 클러치에서 발을 떼는 것과
동시에 가속 페달을 밟는다. 어떻게, 얼마나? 그
녀는 타이밍 문제라고 했다. 그것은 수치로 표현할
수 없는 감각의 영역이다. 나는 포기했다. 우리는
자리를 바꿨다.

"운전은 길을 읽을 줄 알아야 해. 그 길에 자신을 맞춰나가는 거야."

운전석에 앉은 그녀가 말했다. 주인을 만난 마티즈는 언제 그랬냐는 듯 단번에 시동이 걸렸다. 길을 읽는다. 글로 이해하기에 그녀의 말은 모호했고 실재하는 도로는 나에게 두려움이었다. 눈으로 보는 길과 차를 타고 보는 길은 다르다. 몸이 움직이는 것과 차가 움직이는 것은 회전하는 반경이 다르기 때문이다.

그녀는 베스트 드라이버였다.

키를 꽂고 시동을 걸면 마티즈는 작지만 묵직한 소리를 냈다. 엔진룸에서 시작된 피스톤 운동이 기분 좋은 울림을 만들었다. 오일류는 언제나 부족함 없이 관리했고, 시기에 맞춰 점화 플러그나 필터 교체도 잊지 않았다. 계절이 바뀔 때마다 타이어 공기압도 수시로 체크했다. 마티즈는 얼핏 좁아 보이는 골목길도 붕붕 소리를 내며 거침없이 내달렸다. 고속도로에서는 트레일러와 트럭들 사이를 매끄럽게 빠져나갔다. 조수석에 앉은 나는 유려한 곡선의 춤을 체감하는 기분이었다.

"뒤차가 추월할 거 같은데."

그녀가 말을 마치자마자 뒤따르던 중형차가 차선을 변경하더니 곧 우리 옆을 비켜 갔다.

"저 차는 졸음운전이야."

쳐다보면 앞차는 도로의 실선 구간을 위태롭게 밟으며 가고 있다. 그녀는 클랙슨을 한 번 울리고 상향등을 켰다. 흐름을 읽으면 다 보이게 되어 있어. 그녀는 운전대에 놓인 한 손을 마룬파이브의 노래에 맞춰 까딱까딱 움직이며 말했다.

시내 교차로 왼쪽 끝 차선에서 우리는 신호를 기다리고 있다. 신호등에 주행 신호가 들어오자 오른편에 서 있던 직진 차량들이 먼저 출발한다. 우리는 아직 기다린다. 엔진은 수풀 사이에서 숨죽인 표범처럼 낮게 그르렁거린다. 그녀는 허공에 매달린 신호등을 주시한다. 드디어 신호가 바뀐다.

"간다."

그녀의 짧은 한마디와 함께 우리는 출발한다. 그녀는 능숙하게 기어를 조정하더니 핸들을 최대한 왼쪽으로 감는다. 마티즈는 도로 위 중앙선을 넘어 반대편 차선으로 완만한 호를 그리며 유턴한다. 우리 몸은 같은 방향으로 기울어진다. 눈앞에 보이는 모든 것들이 회전한다.

그것은 그녀가 내게 보여줄 수 있는 가장 아름다운 곡선이었다.

그녀가 지방 출장을 가는 날이면 나는 종종 그녀와 동행했다. 그녀가 담당자와 미팅을 갖고 인터뷰를 하는 동안 나는 마티즈를 몰고 주행 연습에 나섰다. 이제 평지 주행은 문제없었다. 다만 비탈길에서 정차한 뒤 올라가는 게 힘들었다. 일단 비탈길에 차를 세운다. 되도록 경사가 급한 곳을 고른다. 몸은 롤러코스터를 탈 때처럼 45도 정도 기울어져 있다. 심호흡을 하고 클러치에서 천천히 발을 뗀다. 동시에 브레이크에 있던 발을 천천히 가속페달로 옮긴다. 기어가 바뀌면서 엔진이 떨리기 시작한다. 차는 아직 움직이지 않는다. 몸으로 진동이 느껴진다.

"나는 이제 40대야."

이따금씩 그녀는 자신의 나이를 내게 상기시켰다.

"40대라고. 그게 무슨 의미인지 알아?"

나는 대답하지 않는다. 비탈길에서는 추진력을 얻기 위해 사이드 브레이크를 사용한다. 알피엠 바늘이 치솟는다.

"나이가 그렇게 중요해?"

나는 무슨 말이든 해야 했다. 이번엔 그녀가 입을 다문다. 사이드 브레이크에 손을 올린다. 운전의 기본은 차의 상태를 몸으로 느끼는 거라고 했다. 차가 뒤로 밀리는 듯하다. 엔진은 요동친다. 나는 정지와 가속의 경계를 가르듯 사이드 브레이크를 내린다. 가속 페달을 힘껏 밟는다. 하지만 시동이 꺼지고 차는 뒤로 밀리기 시작한다. 급하게 발을 옮겨 브레이크를 밟는다. 처음부터 쉬운 일은 아니었다.

"나는 이제 40대야. 너랑 한가하게 연애나 할 시기는 아니라고."

"알아."

"알아? 얼마나 알아?"

나는 알고 있다. 그녀에겐 전 남편이 있었다. 직접 듣지는 못했다. 처음부터 알고 있던 사실이었다. 그녀는 말을 아꼈다. 나는 이유를 묻지 않았다. 편견이라고 생각했다. 소문은 사람들의 호기심을 자위하기 위한 수단일 뿐이라고. 나는 설득하고 싶었지만 매번 감정적인 말이 먼저 나왔다. 그녀의 말에는 자기혐오와 무책임한 선택에 따른 후회가 섞여 있었다. 비릿한 염세주의의 냄새를 풍겼다. 그 안에서 내 말은 공허한 울림만 반복했다. 그때마다 우리는 잠시 헤어졌다.

그날은 종일 비탈길에서 연습을 했다. 돌아올 때는 내가 운전석에 앉았다. 운전이 많이 늘었다는 칭찬을 기대했지만 그녀는 피곤한지 곧 잠이 들었다. 돌아오는 내내 비탈길에 정차하는 일은 없었다. 잠든 그녀의 얼굴을 보며 다행이라고 생각했다.

어느 날 아침 마티즈는 처참하게 망가져 있었다. 양쪽 사이드 미러가 부러져 바닥에 나뒹굴었고, 운전석 창문에 금이 갔다. 펜더와 범퍼는 물론 차체를 둘러 가며 난잡한 스크래치가 나 있었다. 나는 스크래치 자국을 따라 마티즈를 한 바퀴 돌았다. 연락을 받고 주차장으로 내려온 그녀는 의외로 담담했다. 나는 차가운 보닛 위에 손을 얹고 어젯밤 일을 떠올렸다.

그녀의 부탁을 받고 빌라 주차장으로 내려왔을 때 그 남자를 발견했다. 남자는 주차장 입구에 서 있었다. 그 뒤로는 우리의 마티즈가 주차되어 있었다. 남자는 아무것도 하지 않고 그냥 서 있기만 했

다. 나는 위험을 직감했다. 주차장 센서 등이 켜졌
다. 남자는 돌아봤다. 나는 남자를 일별하고 마티
즈로 다가갔다. 그녀는 차에 지갑을 놓고 왔다고
했다. 남자의 시선이 내게 고정되어 있음을 느낄
수 있었다. 목 언저리가 후끈 달아올랐다. 마주치
고 싶지 않았다. 차문에 손을 대는 순간 남자가 말
했다.

"이 차 주인과 아는 사이입니까?"

목소리가 낮고 깊었다. 얼핏 들으면 신뢰할 수
있는 목소리다. 나는 그렇다고 대답했다. 의도치
않게 앳된 목소리가 나왔다. 낭패였다. 남자는 마
티즈를 보고 있었다.

"저는 인영이 남편이었던 사람입니다."

남자는 과거형으로 말했다. 이런 만남은 예상
치 못했다. 남자가 내 쪽으로 한 발짝 다가서자 바
짓단에서 드러난 그의 구두코가 센서 등에 반짝였
다. 나는 운동복 차림이다. 남자는 어떤 사이냐고
물었다. 나는 만나고 있는 사람이라 대답했다.

"결혼할 겁니까?"

남자가 물었다.

나를 자신의 옛 부인과 만나는 젊은 애인쯤으로

여기는 것 같았다. 주먹에 힘이 들어갔다. 대학원 졸업 논문 제출이 얼마 남지 않았다. 그 다음은? 나는 아무것도 결정하지 못하고 있었다. 아무것도 이뤄 놓은 것이 없었다. 기본적인 경제력도 전무한 형편이었다. 결혼이라니. 그건 당신이 상관할 일이 아니잖아. 이게 지금 서로가 초면에 할 소리인가. 그리고 여기엔 무슨 일로 온 건데. 왜 여기에 있는 건데. 당신이 뭔데. 무슨 이유로 이러는지 모르겠지만, 이제 와서 뭘 어쩌라고. 나는 주먹을 쥔 채 남자를 향해 걸어갔다. 하지만 이런 생각들이 미처 입 밖으로 나오기 전에 그녀의 목소리가 먼저 들렸다.

"가."

어느새 주차장 초입까지 내려온 그녀가 소리쳤다.

"가라고."

남자는 그녀와 나를 번갈아 쳐다봤다.

"경찰 불렀으니까, 빨리 가."

그녀의 목소리는 주차장 벽면을 타고 메아리쳤다. 지나던 행인들이 서둘러 자리를 피했다. 남자의 표정이 쥐었다 놓은 찰흙처럼 일그러졌다.

"가."

"가라고."

"가."

"가란 말이야."

"안 들려!"

"가."

그녀는 멀찌감치 떨어져서 소리만 질렀다. 비명에 가까웠다. 목소리에는 두려움과 분노, 회한과 슬픔 같은 감정이 섞여 있었다. 처음 보는 모습이었다. 그녀가 이성을 잃을까 두려웠다. 그녀를 진정시킬 요량으로 남자에게서 등을 돌렸다. 그때 골목 어귀를 돌아 나오는 경찰차를 발견했다. 빌라 앞까지 다가와 멈춘 경찰차에서 두 명의 경관이 내렸다. 선임인 듯한 경관은 자신이 내린 조수석 창가에 기대 서 있었고 상대적으로 젊어 보이는 경관이 경례를 하며 다가왔다.

"신고 받고 왔습니다."

젊은 경관은 상기된 얼굴로 남자와 나를 보며 말했다.

"두 분 모두 민증 부탁드립니다."

남자의 표정은 한층 더 어두워졌다.

"수상한 사람이 있다는 신고를 받고 왔습니다.

어느 분이 얘기하시겠습니까?"

나는 남자를 지목했다. 경관은 내게 해명을 요구했다.

"신고자와의 관계는 어떻게 되십니까?"

나는 대답하지 못했다. 잠시 표정을 살피던 경관은 수첩에 무언가를 적었다. 선임 경관에게 인도된 남자는 일종의 훈계를 들어야 했다.

"가정도 있으신 분이 이러시면 안 되죠."

신원 조회를 끝낸 경관이 보고를 마치자 선임이 나섰다.

"전에도 동일한 사안으로 조사를 받은 적 있네요. 오늘은 자세한 조사를 위해 함께 가 주셔야겠습니다."

경찰차는 요란한 경광등 불빛을 번쩍이며 골목 어귀로 사라졌다. 나는 뒤를 돌아봤다. 그녀는 보이지 않았다. 이렇게 정리해도 되는 건가. 한바탕 소동이 지나자 나는 얼룩이 된 기분이었다. 손에 힘이 풀렸다. 손은 차가워졌다.

한때 그녀와 남자는 같은 직장의 동료였다. 그녀는 웃음이 많았고 남자는 자신의 좋은 목소리에 재

치와 유머를 얹을 줄 알았다. 두 사람은 업무 특성
상 함께 출장 가는 날이 많았다. 남자가 운전하는
차에는 좋은 냄새가 났다. 조수석에 앉은 그녀는
창밖 풍경이 단조로워질 때쯤 깜빡 잠이 들었다.

"피곤하면 좀 더 자둬요."

잠결에 들린 남자의 목소리에 정신이 번쩍 든 그
녀는 은밀한 상상을 들킨 사람처럼 얼굴이 화끈거
렸다.

어느 날, 남자가 방문을 두드렸을 때 그녀는 놀
라지 않았다.

결혼은 순조로웠지만 이혼은 지난했다. 남자와
이혼하기 전 그녀는 곧 다른 직장을 구해야 했다.
비슷한 업종은 소문이 빨랐다. 하지만 남자에게 손
버릇이 있다는 것은 아무도 몰랐다. 그녀는 그동안
모아 두었던 병원 진료 기록을 법원에 제출했다. 증
거는 충분했다.

그녀와 이혼한 지 3년 후 남자는 재혼했다. 그리
고 곧 아이를 낳았다. 아이가 생겨 결혼한 것이라
는 소문이 돌았다. 술자리가 있을 때마다 남자는
쉽게 취했다. 사람들은 눈치껏 남자의 곁을 피했
다. 소문은 그녀에게까지 닿았다.

어느 날 남자로부터 연락이 왔다. 너 아니면 안 된다고 했다. 예전의 자신은 잊어 달라고도 했다. 그녀는 두려웠다. 절실하던 남자의 태도는 계속된 거절에 변해 갔다. 자신이 무시받고 있다고 여겼다. 그녀에게 과거의 기억이 되살아났다. 한번은 퇴근 후 자신의 집 앞에서 서성이는 남자를 보고 다시 회사로 돌아가 밤을 새웠다. 다른 지역으로 이사를 갔지만 어떻게 알아냈는지 남자는 어김없이 그녀의 집을 찾아왔다. 대부분 그날과 마찬가지로 저녁 시간이었다. 결국 그녀는 그때마다 경찰을 불렀다.

그날 우리는 처음으로 따로 잤다. 다음 날 마티즈는 테러를 당했다.

공업사에서는 수리하는 데만 한 달 넘게 걸린다고 했다. 견적만 100만 원 넘게 나왔다. 그즈음 우리는 헤어졌기 때문에 마티즈가 제대로 수리가 되었는지, 아니면 폐차시키고 그녀가 새 차를 뽑았는지 나는 알지 못한다.

나는 생각의 외투를 한층 두텁게 한다.

"너는 너무 생각이 많은 거 같아."

간혹 그녀는 지나가듯이 말했다. 그런가. 그럴지도. 그녀의 말은 오랫동안 내 기억에 박혀 있다.

"생각이 많으면 무거워져. 가벼워져야 해. 가벼운 생각은 더 멀리 갈 수 있으니까."

정말 그럴 수 있을까.

나는 그때 이미 느끼고 있었다. 다만 인정하지 못했을 뿐이다. 나는 남은 판돈을 짐작하는 노름꾼처럼 자주 시계를 쳐다봤다. 그녀는 내 얼굴에서 불안과 초조함을 읽었다.

그녀의 전 남편이 찾아온 날, 결국 잠을 이루지 못한 나는 새벽녘에 그녀가 잠든 방으로 건너갔다. 그녀는 벽 한 귀퉁이에 등을 기댄 채 모로 누워 있었다. 작은 손이 이불 밖으로 비어져 나왔다. 창백한 새벽빛을 받은 그것은 부서진 조각상처럼 보였다. 나는 바닥에 앉아 그녀의 손을 쥐었다. 옅은 떨림이 손안에 느껴졌다. 나는 어둠 속에서 그녀의 손을 감싸며 그 형태를 짐작했다. 아주 먼 훗날, 아주 긴 시간이 흘러, 내가 어느 추운 거리를 걸어갈 때 코트 주머니에 넣었던 손이 내가 알지 못하는 추위로 갈라질 때, 그때 그녀의 손을 내 손안에서 다시 불러낼 것이다. 그리고 아주 긴 이야기를, 손과 손이 만나 할 수 있는 이야기를 풀어낼 것이다. 이런 생각을 하며 나는 방을 나섰다.

그녀는 나와 만나던 해에 마흔 살이었다.

올해 나는 마흔 살이 되었다.

한번은 엘리베이터에 탄 직원이 과장님 새치 있으시네요 하며 유난을 떨었다. 아닌 게 아니라 거울에 비친 모습은 내가 알고 있던 얼굴에서 많이 달라져 있었다. 관자놀이 부근에는 서리를 맞은 듯한 흰머리가 자잘하게 돋아 있다. 눈매는 살짝 아래로 내려앉아 한편으로는 부드러운 인상이지만 자세히 들여다보면 탁한 흰자위와 늘어진 볼살 탓에 어딘가 우울해 보인다. 그럼에도 얼굴은 전체적으로 사람 좋아 보이는 웃음을 짓고 있다. 습관이 된 것이다. 이게 내 얼굴인가. 화장실 거울을 한참 들여다보다 또 웃고 말았다.

자기들끼리 농담 따먹기를 하며 화장실로 들어서던 신입사원들이 내게 인사를 하며 말을 전했다.

"과장님, 부장님이 찾으십니다."

나는 페이퍼 타월로 손을 닦고는 황급히 자리를 떠났다.

이제 나는 운전 경력 10년 차에 접어든다. 지금 몰고 있는 차는 은색 비엠더블유 520디로, 가까운 지인을 통해 구입했다. 디자인이 조금 투박한 듯

했지만 그만큼 신뢰할 수 있는 인상을 줬다. 비탈길에서는 자동 변속기가 알아서 기어를 바꿔 준다. 가속 페달을 밟으면 엔진은 기다렸다는 듯이 우렁찬 배기음을 내뿜으며 도로를 질주한다. 곡선 구간에서도 흔들림 없이 차체가 핸들의 움직임에 민첩하게 반응하는 것이 느껴진다. 코너링도 안정적이고 몸이 한쪽으로 쏠리는 현상도 덜하다.

때로 퇴근길 유턴 차로에 정차해 있을 때면 반대편 차로에서 나를 스쳐 지나가는 차들의 행렬을 멍하니 보게 된다. 헤드라이트를 밝힌 차들이 빈 도로를 앞다투어 지나간다. 간혹 빠른 속력으로 스쳐가는 자동차가 일으키는 바람에 은색 비엠더블유는 잠시 흔들린다. 그 안에서 나도 흔들린다.

우리는 흔들리며 서 있다.

신호가 바뀌면 나는 방향 지시등을 따라 크게 핸들을 돌린다. 그리고 내가 돌아가는 곳이 어디인지 잊지 않으려 한다.

어느 책에서 "마흔이란 말할 수 없는 것에 대해 침묵하는 걸 배우는 나이다."라는 구절을 발견하고 밑줄을 그었다. 시간은 누구에게나 동일하게 주어지지만 아무도 그것을 소유할 수 없다. 거래할 수도 교환할 수도 없다. 오직 필요한 만큼의 시간이 지난 후에야 자신이 가졌던 시간을 측정할 수 있다. 부피를 가늠하고 무게를 달고 줄자를 통해 길이를 재 볼 수 있다. 그리고 당연한 말이지만 그 시간은 이미 그곳에 없다. 거뭇한 흔적을 남기고 어딘가로 빠져나간 것이다. 마치 여행자의 손가락 사이로 거침없이 빠져나가는 모래처럼.

그때마다 그녀를 생각한다.

그날 경찰차에 타던 남자는 고개를 돌려 나를 한 번 힐끗 쳐다봤다. 그 눈빛은 성능 좋은 영사기처럼 커다란 스크린에 많은 감정을 비추고 있었다. 치욕과 분노가 함께했고 두려움과 망설임이 녹아 있었다. 오랜 시간 그것이 남자가 내게 보였던 전부였다고 생각했다. 하지만 남자의 눈빛이 비추고 있던 것은 어쩌면 내 것이 아니었을까. 남자는 내 안에 숨은 치욕과 분노, 두려움과 망설임을 보고 있었던 것은 아니었을까.

그때 나는 이미 마흔 살이 되었는지 모른다.

내 몸은 그녀를 기억하지만 마흔 살의 나는 그녀와 다르다. 마흔 살의 몸은 이미 육체의 싱그러

움과는 거리가 멀다. 쇠락기에 접어든 셈이다. 근육
이 줄어든 어깨와 팔뚝에는 물컹한 살이 대신 자
리를 차지하고 있다. 계단을 오를 때마다 자연스레
난간을 잡게 된다. 평소에 운동을 하지 않은 건 예
전과 다를 바가 없는데 점점 아랫배가 나온다. 오
늘은 속옷을 갈아입다가 허리에 패인 팬티 자국이
검게 변해 있는 걸 발견했다. 샤워를 하기 전 거울
에 비친 나체는 보잘 것 없는 중년의 몸이다.

"아무리 붙잡고 싶어도 예외는 없어."

거울 속의 남자는 말한다.

"그때 나는 이미 파악했었지. 사람은 누구나 극
적인 순간이 되면 자신의 진짜 모습과 마주하게 되
는 법이라고. 너라고 예외는 없었어."

"꺼져. 너는 내 기억과 달라."

거울 속 남자는 비웃고 있다.

"이제 아무도 너를 뒤쫓지 않아. 그러니 도망칠
필요는 없어."

나는 세면대에 뜨거운 물을 틀어 놓고 거울을
떠난다.

달은 자꾸만 부풀어 오른다.

나는 차를 세우고 밖으로 나선다. 바람이 차다. 조수석에 벗어 두었던 코트를 꺼내 입는다. 생수병 뚜껑을 열어 물 한 모금을 마신다. 달이 구름의 경계로 들어서고 있다. 혹은 구름이 달의 영역으로 이동하고 있는지도 모른다. 구름은 아주 얇아서 그 안에 들어선 달의 윤곽이 선명하게 보일 정도다.

나는 피우던 담배를 바닥에 떨어트리고 병에 남은 물을 마저 비운다. 그리고 달을 겨냥해 빈 생수병을 던진다. 무엇이든 충분히 가볍다면 가능한 일이다. 아주 멀리 날아가는 생수병을 상상한다. 분화구에 안착한 생수병은 속이 텅 비었지만 그런대로 만족할 것이다. 나는 상상 속에서 빠져나와 코트 주머니에 손을 넣는다.

마술사의 모자처럼 그 안은 넉넉하다. 많은 것들을 소환할 수 있다. 가령,

달은 자꾸만 부풀어 오르고 마흔 살의 그녀는 주머니 속에서 내 손을 잡는다. 달을 가득 채운다.

아
케
이
드

내 팔뚝에는 동전만 한 화상 자국이 있다. 그곳
은 살이 뒤틀려 다른 피부보다 붉게 보인다. 그녀
는 내 팔을 들어 화상 자국에 입술을 가져다 댔다.
조금씩 그것을 빨기 시작했다. 얇은 막 위로 혀가
주름을 만들었다. 그녀는 작은 꽃처럼 보인다고 했
다. 그녀의 입술 속에서 꽃은 차근차근 벌어졌다.
　우리는 곧 그 속으로 들어갔다.

　젖은 머리를 말린다. 손가락 사이에서 머리카락
이 한 가닥씩 말라 간다. 드라이어 전원을 끄고 전

선을 돌려 감는다. 싱크대로 가 전날 쌓아 둔 설거지거리를 치운다. 접시를 물에 담그기 전 키친타월로 먼저 기름기를 닦아 낸다. 꺼내 놓은 반찬통을 정리해 냉장고에 넣는다. 그사이 커피를 내린다. 음악이라도 틀까 하다가 젖은 손을 닦기 싫어 그만둔다. 달궈진 프라이팬에 기름을 두르고 계란을 깨트려 넣는다. 기름 튀는 소리가 올라온다. 젖은 손의 물기를 털어 낸다. 손가락을 벗어난 물방울이 바닥에 떨어진다. 밖에는 비가 내리고 있다. 비는 어젯밤부터 내리기 시작했다. 투명한 장막이 내려오듯 내렸다. 잠시 그쳤다가 다시 내렸다. 고등어 굽는 냄새가 났다.

의자에 등을 기대고 창밖을 올려다본다. 나는 창문을 지운다. 그리고 비와 함께 둘이 된다. 형광등이 빠르게 깜빡인다. 의자를 딛고 서서 두드려 본다. 형광등은 곧 꺼진다.

우산을 들고 밖으로 나간다. 거리엔 우산을 든 사람과 그렇지 않은 사람이 절반씩이다. 아는 사람을 만날지 모른다는 생각에 우산을 고쳐 잡는다. 제과점까지 거리는 10분 남짓. 하품을 하고 나니 한 움큼 습기가 입천장에 맴돈다. 잠시 후 빗줄기가 점점 늘어나 곧 앞이 보이지 않을 만큼 많아진다. 비는 바람과 함께 사방에서 몰아치기 시작한다. 발걸음이 빨라진다. 비는 그보다 빨리 지상에 닿는다. 바지가 흠뻑 젖어 허벅지에 달라붙는다. 신발에 물이 찬다. 우산 밖으로 손을 내밀어 본다. 빗물이 손바닥 안으로 모인다. 그녀가 출국하던 날에도 비가 왔었다. 공항엔 나가지 않았다. 대신 창문을 열어 놓고 하늘을 올려다보았다. 낮게 깔린 구름이 솜뭉치처럼 서로 뭉쳤다 찢어지며 이동하고 있었다. 천둥소리가 들렸다. 건물에 가려 번개는 보이지 않았다. 비행이 취소될지도 모르겠다. 그녀에게선 전화가 없었다. 비는 저녁때까지 내렸다. 며칠 뒤 그녀로부터 잘 도착했다는 메일을 받았다. 빗소리를 들으며 메일을 두 번 읽었다.

그녀 집을 찾아가 짐을 정리한다. 그녀는 급하게 떠나느라 미처 챙겨가지 못한 것들을 택배로 부쳐 달라고 했다. 보내 준 목록에는 건축 관련 실무 도서와 몇 벌의 두터운 옷가지들, 현지에서 구할 수 없는 화장품 이름이 쓰여 있었다. 그녀는 지금 멀리 있다. 내가 한 번도 가 보지 못한 곳이다. 일교

차가 심하다고 했다. 그곳은 사막이다.

그녀가 부탁한 책은 책꽂이에 없었다. 침대 밑과 옷걸이 아래, 수납장을 뒤졌다. 책은 여러 곳에서 나왔다. 『건축의 형태 공간』『건축 디자인』『철근 콘크리트 구조 설계』 따위의 책들과 몇 장의 설계 도면을 찾았다. 침대에 기대앉아 찾아 놓은 책들을 훑어보았다. 내가 사 준 책이었고 그녀에겐 생일 선물이었다.

그날 그녀의 학원 수업에 맞춰 저녁 늦게 만난 우리는 서점으로 향했다. 연말 즈음에 시내는 지저분했다. 술 취한 사람들이 무리 지어 거리를 활보하고 있었다. 우리는 팔짱을 꼈다. 비틀거리는 사람들이 부딪치려 하자 그녀가 내 팔뚝을 바싹 끌어당겼다. 그때마다 그녀의 향수 냄새가 넘어왔다.

좁은 골목을 빠져나오자 이맘때쯤이면 항상 차로 붐비던 도로가 텅 비어 있었다. 사람을 가득 실은 버스도 승용차도 보이지 않았다. 도로는 아무도 사용하지 않는 광장처럼 우리 앞에 놓여 있었다. 뜻하지 않게 발견하게 된 도시의 여백이었다.

횡단보도는 멀리 있었다. 우리는 횡단보도를 포기하고 건너편 인도까지 도로를 가로질렀다. 나는 걸음을 재촉했다. 그녀가 내 팔꿈치를 잡아 세웠을 때 우리는 도로 중앙선 위에 서 있었다. 그녀는 의아해하는 내 표정을 살피는 듯했다. 그리고 묘한 웃음으로 반응했다. 그녀는 중앙선 위로 발을 포개어 놓더니 혼잣말처럼 중얼거렸다.

"도로를 반으로 접으면 여기까지가 절반이지."

멀리서 자동차 엔진 소리가 밤공기를 흔들었다.

"그러니까 우리는 지금 도로 절반이 되는 기준점에 있다는 말이야."

그녀는 동의를 구하듯 내 얼굴을 돌아봤다.

서늘한 공기가 스카프처럼 목덜미를 훑고 지나갔다. 반대편 보도블록에 발을 올려놓는 순간 나는 그녀가 표시한 도로의 절반을 마음속으로 그려 보았다.

우리는 그녀의 방으로 돌아가 섹스를 했다. 샤워를 하고 나오니 그녀는 침대에 누워 담배를 피우고 있었다. 나는 침대에 등을 기대고 앉아 생일 선물로 산 책을 들춰 보았다. 책에는 여러 건물의 사진과 건물 설계도, 스케치 사진이 실려 있었다. 대부분 원서였다. 설계도에는 건물 뼈대를 이루는 가는 선들이 서로 얽혀 있었다. 시작과 끝이 보이지 않았다. 옆 건물에 들어선 교회 첨탑의 붉은 네온 사인이 어두운 방 안을 비추고 있었다. 그녀가 침대 끝에서 몸을 굴려 내 옆에 앉았다. 나는 재떨이를 가져다 그녀 옆에 놓았다. 그녀가 내 앞으로 한 손을 활짝 펼쳐 보였다.

"사람의 손은 건축학적으로 가장 섬세한 조형물이래."

그녀가 말했다.

다섯 손가락은 엄지를 제외하고 모두 세 개의 마디로 이루어져 있다. 손가락들은 비슷한 형태를 지니고 있지만 그 방향성은 각각 하나의 구심점을 갖는다. 또한 손가락 사이가 만들어 내는 빈 공간의 폭에서 또 다른 형태의 공간감을 느낄 수 있다. 나는 그녀의 손을 방바닥에 놓고 가만히 쳐다보았다. 다른 손가락 방향이 일정한 데 비해 엄지는 다른 쪽을 향하고 있었다. 나는 엄지가 가리키는 쪽으로 고개를 돌렸다.

우리는 침대에 나란히 기대앉아 책을 넘겨 보았다. 둘 다 알몸이었지만 춥지 않았다. 그녀가 자리에서 일어나 협탁에 놓인 스탠드 각도를 조금 낮췄다. 그사이 가슴이 아래쪽으로 부드럽게 내려왔다.

단순한 실루엣이었다. 방의 조도가 조금 낮아졌고 교회 네온사인은 조금 더 붉어졌다.

그녀가 하고 싶었던 일, 지금 하고 있는 일은 이 선들의 규칙과 방향을 결정하는 것이다. 다른 사람들이 그 규칙에 따라 건물에 두께를 더한다. 그러고 나면 그녀가 다시 그것을 감독해서 원래 형태에 적합한지를 판단한다. 전문가들은 처음 보는 건물이라도 단번에 머릿속으로 그 건물 설계도를 그릴 수 있다. 세상엔 손에 꼽을 만큼 훌륭한 건축물이 많다. 하지만 그녀는 가장 아름다운 건축물은 설계할 수 없는 건물이라 했다.

그녀는 건축 자재를 수출하는 회사에 다녔다. 야근이 잦았다.

그날 우리는 포켓볼을 쳤다. 내 큐대는 몇 번씩이나 공에서 빗나갔고 그때마다 그녀는 즐거워했다. 그 미소가 좋았다.

삼각형 모양으로 모여 있는 당구공. 나는 그 삼각형의 꼭짓점을 겨냥해 큐대를 뻗었다. 공은 당구대를 굴러 삼각형을 분산시켰다. 당구공들은 포도송이에서 한꺼번에 떨어지는 포도 알처럼 흩어졌다. 그날은 왠지 기분이 좋았다. 나는 선배 소개로 알게 된 출판사에서 일반인 수기 대필을 의뢰받았다. 편집 담당 직원은 비디오 녹취본이 있으니 틈틈이 보면서 받아 적기만 하면 된다고 했다. 의뢰인은 노인이었다. 사건 순서만 시간에 맞게 쓰면 되는 일이었다. 선금으로 받은 돈이 생각보다 많았다. 오늘은 근사한 곳에서 와인이라도 한잔 할 수 있겠다고 내가 말했을 때 그녀는 웃기만 할 뿐 달리 말이 없었다. 그녀가 큐대를 반대쪽 어깨에 기대면서 당구대 표면을 손바닥으로 훔치기 시작했다. 할 말이 있다는 뜻이었다. 우리는 당구대를 사이에 두고 마주 봤다.

"나…… 내일로 출국 일정이 잡혔어."

그녀가 말했다.

부채꼴 모양으로 당구대를 문지르고 있는 손바닥에서 숨죽인 마찰음이 났다. 어디선가 사이렌 소리가 들렸다. 옆 당구대에서 시간이 끝났다는 기계음이 울렸다. 한 무리의 청년들이 벗어 두었던 외투를 챙겨 입고 출입문 쪽 계산대로 몰려갔다. 그들이 떠난 자리에는 요구르트 병과 재떨이로 썼던 종이컵이 남아 있었다. 담배꽁초가 가득 담긴 종이

컵은 웅크린 고슴도치처럼 보였다. 계산을 마친 주인이 환기를 위해 창문을 열었다. 좁게 열린 창문 틈으로 사이렌 소리가 더 가깝게 들렸다. 어디론가 바쁘게 달려가는 소방차와 구급차. 나는 소파에 앉아 그 사이렌 속에서 떨고 있는 누군가의 호흡을 생각했다.

예정대로라면 그녀는 내년 초쯤 떠날 계획이었다. 파견 근무라 했다. 그곳은 내가 한 번도 가 보지 못한 곳이었다. 그녀가 그곳에서 어떤 일을 하는지 알 수 없었다. 누군가 창문을 닫았다. 사이렌은 이해받지 못한 주술처럼 곧 사라졌다. 내 침묵을 건너뛰며 그녀가 말했다.

"현지 사정이 좋지 않은가 봐. 예정보다 일찍 가게 됐어. 연락은 지난주에 받았는데, 그동안 어떻게 말을 해야 할지 몰라서……."

나는 큐대를 잡은 손에 힘을 주었다. 자리에서 일어나 허리를 숙여 자세를 잡았다. 내 차례였다. 큐대 끝으로 당구대에 놓여 있는 공을 겨냥했다. 시선이 큐대를 통해 공으로 전해졌다. 공의 중심에 십자가를 그어 공을 사등분했다. 그리고 그중 한 면을 다시 사등분했다. 내가 겨냥하는 지점은 점점 좁아졌다. 그녀는 중동 지방 현장 사무소로 발령을 받았다. 그곳에서 3년이라는 시간을 보낼 것이다. 공을 겨냥한 손에 힘이 들어가면서 나는 몸에서 빠져나가는 직선의 힘을 느꼈다.

내가 밀어낸 공이 당구대의 포켓 속으로 하나둘씩 빨려 들어갔다.

덜컹.

"여보세요."

걸려 온 전화를 받으며 그녀가 등을 돌렸다. 덜컹. 덜컹. 나는 말없이 당구를 쳤다. 귀가 먹먹해졌다. 그녀가 어깨와 귀 사이에 휴대 전화를 끼우고 수첩에 무언가를 받아 적기 시작했다.

"네."

덜컹.

"아니요. 괜찮습니다."

덜컹.

"알겠습니다."

회사에서 온 전화를 받을 때 그녀의 목소리는 달라진다. 그녀의 사무적인 목소리는 매력적이다. 당구대 위에는 공이 하나만 남아 있었다. 나는 공을 손으로 굴려 포켓 속으로 밀어 넣었다. 공이 사

라지자 당구대에는 정적만 남았다. 통화를 끝낸 그
녀가 나를 돌아봤다.

정류장은 막차를 기다리는 사람들로 가득했다.
버스 안에는 향수 냄새와 술 냄새, 담배 냄새가 뒤
섞여 있었다. 빈자리가 없었다. 정류장에 정차할
때마다 내리는 사람보다 타는 사람이 더 많았다.
손잡이가 미끄러웠다. 신호등 앞에서 버스가 급정
거했다. 중심을 잃은 사람들이 뒤쪽에서부터 쓰러
지기 시작했다.

그녀는 내일 떠난다.

나는 넘어지지 않기 위해 손잡이를 꽉 움켜쥐
었다.

제대 후 바로 복학 신청을 했다. 며칠 동안 도서
관과 자취방을 왕복하며 지냈다. 다시 휴학을 신청
했다. 몇 달을 특별히 하는 일 없이 지냈다. 간간이
들어오는 논술 첨삭 아르바이트나 학원 강사 자리
를 전전했다. 그마저도 점점 줄어들었다.

그날 나는 우산을 쓰고 제과점을 찾았다. 실내
에는 비를 주제로 한 피아노 곡이 흘러나왔다. 그
녀는 오븐이 놓인 주방 쪽에 있었다. 양손에 티라

미수 케이크를 들고 천천히 테두리를 돌려 보는 중
이었다. 신중하게 정면과 측면의 각도를 관찰하는
모습이 마치 원형(圓形)의 감별사처럼 보였다.

출입문에 달린 종이 두 번 흔들렸다. 곧이어 젊
은 커플이 팔짱을 낀 채 가게 안으로 들어섰다.

비는 이미 그쳐 있었다.

"잠시만요."

어느새 다가온 그녀가 팔꿈치로 내 어깨를 슬쩍
밀더니 케이크 냉장고 문을 열었다. 다른 한 손으
로 티라미수 케이크를 들고 있었다. 그녀가 허리를
펴며 몸을 일으킬 때 짧은 숨이 내 목을 스쳤다.

나는 티라미수 케이크를 골랐다. 계산대 위에 케
이크를 올려놓았다. 그녀는 건네받은 신용 카드를
리더기에 긁은 뒤 무심한 표정으로 케이크 박스를
조립하기 시작했다. 얼굴에 점이 많았다. 이목구비
는 작은 편이었고 입술에는 윤기가 돌았다. 길고 하
얀 목선이 스키장 슬로프를 연상시켰다. 재채기가
나오려는지 코끝이 간지러웠다. 시선이 마주쳤다.

"초는 몇 개나 드릴까요?"

그녀가 물었다.

그쳤던 비가 다시 내리기 시작했다. 오른손에 들

고 있던 케이크를 왼손으로 옮기고 우산을 폈다. 아파트 단지 옆 골목길엔 지나는 사람이 없었다. 세탁소 커다란 연통에서 하얀 연기가 빠져나오고 있었다. 빨래 삶는 냄새가 났다. 우산 아래로 빗방울 튀는 소리가 나직하게 들렸다.

다음 날 나는 다시 제과점을 찾았다.

그녀와 나는 시내에서 만나기로 했다. 일요일이었다. 그리고 며칠 후 내 방에서 다시 만났다.

그녀는 달리기를 좋아한다고 했다. '러너스 하이'와 오르가슴에 대해 얘기했다. 침대에서 몸을 절반쯤 일으킨 그녀는 이불 사이에서 하늘색 스포츠 브래지어를 찾아 입었다. 이윽고 내 어깨 안쪽으로 파고들더니 말을 이었다.

"그럼, 그쪽은 뭘 좋아해?"

"그런 쪽에는 특별한 리스트를 갖고 있지 않은데."

"뭐야. 재미없게."

"상황에 따라 달라지니까."

"그럼, 요즘 특별히 좋아하게 된 거라도 말해 봐."

"미러볼."

"……왜?"

그녀는 팔을 짚어 몸을 반쯤 일으키더니 내게
고개를 돌렸다.

오랜만에 느껴 보는 산뜻한 책임감이었다.

며칠 전 사은회 자리가 있었다. 자리는 노래방을
마지막으로 끝났다. 모두들 목청껏 노래를 불렀다.
교수의 의례적인 멘트는 변하지 않았지만 모두들
처음 듣는 말처럼 경청했다. 사회생활을 시작한 동
기는 교수의 상식적인 말에 약간의 유머를 덧붙였
다. 우리는 기꺼이 웃음에 너그러운 관객이 되었다.

탁자엔 빈 맥주 캔이 굴러다녔고 눅눅해진 과자
가 그릇에 담겨 있었다. 나는 빈 맥주 캔을 하나씩
찌그러트렸다. 마지막 노래가 끝나고 하나둘 자리
에서 일어나 각자 가방을 찾아 들었다. 나는 뒷정
리를 하고 마지막으로 방을 나섰다. 문을 닫으려던
순간 돌아가던 미러볼이 멈추고 곧이어 조명도 꺼
졌다. 미러볼 빛은 마치 관성을 잃어 가는 공처럼
천천히 사라졌다. 방이 어두워지자 복도 불빛이 내
그림자를 방 안으로 밀어 넣었다. 나는 문을 열어
둔 채 나왔다. 그림자는 따라오지 않았다.

나는 크게 심호흡을 했다. 집으로 향하는 골목

길에 접어들자 노래방에서 부르고 싶었던 노래가
생각났다. 아파트 담장을 따라 장미가 피어 있었
다. 담장 길을 걸으며 노래를 불렀다. 구름이 하얗
게 빛났다. 높은 곳에서 내려다보면 나는 어떤 모
습일까. 거대한 미러볼이 꿈속으로 따라왔다.

　그녀의 집에서 가져온 책이 방에 쌓이기 시작한
다. 외출할 때마다 나는 고개를 돌렸다. 이유 없이
피곤한 날들이었다.
　책 더미 가운데서 한 권을 꺼낸다. 각 나라 건축
물이 연대별로 정리되어 있다. 거대한 한 세기가 지
난다. 책에는 여러 건물 사진이 실려 있고 그에 대
한 해설이 사진 아래 짧게 붙어 있었다. 건물 측면
과 정면, 내부 모습이 자세히 보인다. 루브르 박물
관, 오르세 미술관, 대영 박물관, 오피스 빌딩, 회
의실, 라운지. 많은 장소에서 누군가 이 책을 만들
기 위해 사진기를 삼각대 위에 올려놓고 사진을 찍
었다. 사진 속 건물은 건조했다. 폼페이 유적이 인
상적이었다. 전체가 하나의 상징이고 신념이었다.
수많은 기둥들이 받치고 있는 아치형 지붕이 보였
다. 사진 속에서 수도사 무리가 고개를 숙인 채 어

딘가를 향해 묵묵히 걷고 있었다. 견고하고 고독한 신앙이었다.

자리에서 일어났을 때 갑자기 방 안 공기가 얇게 떨리기 시작했다. 무언가 방 안을 가로지르며 날아다니고 있었다. 말벌이었다. 날개를 쉴 새 없이 움직였다. 열어 놓은 창문으로 들어왔을까? 벌이 만들어 내는 위협적인 진동이 창문에, 벽에 부딪쳤다. 주위가 순식간에 좁아졌다. 한순간 벌은 표적을 응시하듯 내 앞에 잠시 떠 있었다. 나를 관찰하고 있는 듯 했다. 한 뼘씩 다가왔다. 나는 뒤로 물러나며 거리를 유지했다. 그러면서 등 뒤로 손을 뻗어 보고 있던 책을 집어 들었다. 아래로 빠르게 내리쳤다. 바닥에 떨어진 벌은 충격을 이기지 못하고 제자리에서 빙글빙글 돌았다. 싱크대 서랍에서 나무젓가락을 꺼내 벌의 가슴을 눌렀다. 날개 움직임이 부산스러워졌다. 젓가락에 눌린 벌은 계속 움직이려 했다. 아랫배를 움찔거렸다. 젓가락으로 눌렀다. 아랫배가 터지며 무언가 밖으로 밀려 나왔다. 작고 하얀 침이었다.

잠은 간헐적으로 찾아왔다. 침대에서 일어나면 시간을 세듯 베개에 묻은 머리카락을 한 가닥씩 집어냈다.

때로 꿈속에도 비가 내린다. 양철 지붕 위에 내리고, 옥상 장독대 위에 내리고, 버려진 구두 안에도 내린다. 듣고 있으면 내게 최면을 걸듯 입을 연다. 잠음은 길고 규칙적이다. 어느새 내 머리 위에도 비가 내려앉는다. 꿈은 거미줄처럼 이어진다. 비는 아주 단순한 선이다. 그 속으로 손을 내민다. 손금을 두드리는 빗줄기. 혈관을 두드리는 빗줄기. 손바닥에 비를 모은다. 둥그렇게 고인다. 입체가 된다. 손바닥을 얼굴 쪽으로 기울여 고인 빗물을 천천히 마신다. 비릿한 냄새를 코에 남기고 물은 몸속으로 흘러 들어간다. 나는 따라갈 수 없다. 하지만 눈물이, 콧물이, 오줌이, 땀이 되기 전까지 나는 그것을 놓아주지 않을 것이다.

아침마다 꿈속에서 마신 물을 버렸다.

연락도 없이 엄마가 상경했다. 손가방 하나만 든 채였다. 함께 밥을 먹는데 아빠에게서 전화가 왔다.

"받지 마라."

엄마가 된장국을 숟가락에 뜨면서 말했다. 액정 화면에 뜬 '아빠'라는 글자를 한참 동안 들여다봤다. 신호가 끊어졌다. 아빠는 오늘 혼자 저녁을 먹을 것이다.

엄마는 내가 요즘 뭘 하고 지내는지 궁금해했다. 만나는 사람은 있느냐, 취직은 어떻게 할 거냐. 할 말이 없어진 나는 쓰레기봉투를 묶어 들고 밖으로 나갔다. 골목길을 따라 걸었다. 비에 젖은 광고 전단지가 길가에 떨어져 있었다. 한 귀퉁이를 잡고 들어 올리자 쉽게 찢어졌다. 발소리에 어느 집 담장 안에 묶여 있던 개가 짖기 시작했다. 초저녁 시간인데도 그 집엔 불이 꺼져 있었다. 대문 앞에는 우유가 쌓여 있었다. 날짜를 확인하고 그중에서 오늘 날짜가 찍힌 우유를 마셨다. 내가 멀어질 때까지 개는 짖었다. 동네에 있는 다른 개들이 따라 짖었다. 비에 젖은 고양이처럼 나는 발소리를 죽였다.

이불을 폈지만 방이 좁아 엄마와 어깨가 닿았다. 어둠이 눈에 익자 부표처럼 엄마의 얼굴이 떠오른다. 저 얼굴 가운데 일부가 나에게로 왔다. 방안에 비린내가 흘러 다닌다. 저녁으로 생선을 구워 먹었다. 바다가 뱉어 낸 물속 주름처럼 생선 비늘이 한 방향으로 가지런하다. 엄마 젓가락이 생선을 헤집는다. 송곳니 같은 살덩이를 들어 내 밥그릇에 얹어 준다. 생선 머리가 왜 맛있는지 아느냐?
방향을 틀기 위해서 머리부터 움직이기 때문이다.
너도 항시 주위를 잘 살피고 다녀야 한다. 목소리
가 흘러 다닌다. 나는 잠든 엄마 목덜미에 비늘 한
조각을 묻어 두는 상상을 한다. 엄마는 반찬을 해
놓고 가겠다며 며칠 더 집에 머물렀다. 터미널에서
아빠와 통화했다. 고속버스 도착 시간을 알렸다.
집에는 언제쯤 내려올 거냐는 엄마의 말에 나는
다음 명절을 떠올렸다.

　새빨간 당구공. 제자리에서 돌고 있는 당구공 하
나. 당구공은 드릴처럼 빠르게 돌고 있다. 그 위로
형광등 불빛이 비친다. 당구공을 집어 든다. 손안
에 꽉 찬다. 손에 힘을 준다. 당구공은 단단한 꼭
짓점이다. 내가 붙들고 있는 손잡이다. 생각은 여러
갈래로 뻗어 간다. 흩어지는 기하학적인 무늬가 도
형을 만든다. 도형은 입체가 된다. 수많은 도로와
건물이 된다. 하지만 입체에는 감정이 없다. 무수한
느낌뿐이다. 나는 잡고 있던 당구공을 시멘트 바닥
에 떨어트린다. 당구공은 굴러간다. 어디든 이곳보
다 낮은 곳이다. 그녀가 돌아왔다.

내 팔뚝에는 동전만 한 크기의 화상 자국이 있
다. 그 상처는 내가 아주 어릴 때 생겼다. 몸이 자
라면서 화상 자국도 늘어났다. 그녀는 화상 자국
이 꽃처럼 보인다고 했다. 그녀는 턱을 괴고 내 목
언저리를 응시했다. 그리고 살짝 웃었다. 나는 검지
에 침을 묻혀 떨어진 속눈썹 하나를 들어 올렸다.
종업원이 출입문을 열어 놓은 채 물걸레질을 시작
했다. 새벽 공기가 들어왔다.

　그녀와 식당에서 밥을 먹었다. 그리고 안주를 시
켜 술을 마셨다. 그녀는 얼굴이 좀 더 검어졌고 묶
을 수 있을 만큼 머리카락이 길어졌다.

　"그렇게 빤히 쳐다보지 마."

　그녀가 물수건을 접어 상 위에 떨어진 물기를 한
쪽으로 밀어냈다.

　"뭐 달라진 건 없어?"

　빈 술잔을 들면서 그녀가 말했다. 손가락 사이
주름이 깊었다.

　며칠 전 집으로 가던 골목길에서 지리부도를 주
워 왔다. 책상 위에 펼쳐 놓고 보다가 세계 전도에
서 그녀가 있는 곳을 찾아 봤다. 그곳까지 자를 대
고 빨간 색연필로 줄을 그었다. 술잔을 채우며 나

는 말을 이었다. 직선은 여러 산맥과 고원을 지나 그곳까지 닿았다. 대부분 한 번쯤은 들어 본 지명이었다. 한 뼘이 조금 넘는 거리였다. 나는 책장을 조금 구부려 한 뼘이 되게 만들었다. 내가 만든 가장 긴 한 뼘이었다. 나는 테이블 위로 손바닥을 쫙 펴면서 말했다. 네 개의 손가락은 그녀를 향하고 있었고 엄지는 다른 방향을 가리키고 있었다.

대화는 쉽게 끊어졌다. 그사이를 환풍기 소리가 채우고 있었다. 내가 여러 번 술잔을 비울 동안 그녀는 말이 없었다. 식당에는 우리보다 늦게 들어온 손님이 하나둘 일어나고 있었고 종업원이 걸레를 들고 남은 테이블을 정리하기 시작했다.

"여기 음식은 좀 싱겁네."

숟가락을 놓고 그녀는 웃었다. 소금이 묻어날 것 같은 웃음이었다. 식당을 나오면서 나는 입고 있던 카디건을 벗어 그녀 어깨에 둘러 주었다. 어깨뼈가 선명하게 만져졌다. 날씨는 가을의 경계에 서 있었다. 나는 방금 내가 모르는 계절의 뼈를 만졌다고 생각했다.

"그곳은 그냥 사막이야. 언제 사막에 같이 가 보자고 했었나. 낭만은 현실이 되는 순간 비루해지더

라. 며칠 걸리지도 않았어. 지쳐 가는 내가 보였어. 그런데 그걸 인정하기 싫었어. 도망치는 거 같았어."

그녀는 무엇과 싸우고 있었을까? 모래와 바람이 집시처럼 떠돌아다니는 벌판에서 그녀 혼자 서 있다. 땀이 난 자리에 먼지가 앉는다. 땀이 마르면 먼지만 남는다. 그 자리에 다시 땀이 흘러 먼지와 섞인다. 모래 위에 찍힌 발자국. 바람이 불면 모래로 만든 발자국은 다시 모래가 된다.

집으로 돌아와 그녀는 곧 잠이 들었다. 나는 그녀가 밤마다 보았다던 별자리들을 떠올려 보았다. 입안이 바싹 마르는 것 같았다. 취기가 오르자 팔뚝에 화상 자국이 가려웠다.

감은 눈으로 사막이 펼쳐진다. 가장자리로 바람이 분다. 바람을 따라 모래가 함께 날린다. 발자국을 지운다. 발자국을 지운 모래 바람은 나를 미행한다. 나는 모래 언덕을 넘었다. 수분이 말라 땀을 흘리지 않는 피부는 가죽 구두 같다. 나는 알고 있다. 모래 바람은 발자국보다 나를 원하고 있다. 내가 쓰러질 때까지 따라붙을 작정이다. 바람에 떠밀리며, 바람을 맞으며 앞으로 걸어간다. 걸어가다 제 발에 걸린 나는 무릎부터 차례대로 쓰러진다.

숨이 막힌다. 까칠한 모래 알갱이가 얼굴에 달라붙는다. 일어나지 말라고, 이대로 누워 있으라고, 모래는 말한다.

그녀는 일주일 뒤 다시 출국했다. 공항은 생각보다 훨씬 넓었다.

골목길에는 아이들이 노래를 부르며 뛰어다니고 있었고, 공기는 갓 짜낸 물감처럼 선명하게 폐에 닿았다. 전형적인 가을 아침이었다.

동네를 한 바퀴 걸었다. 담장 너머에서 개 짖는 소리가 들렸다. 아기를 업은 할머니가 열린 대문 앞에 나와 아기를 어르고 있었다. 어린 남자아이가 환호성을 지르며 세발자전거를 타고 내리막길을 내려왔다. 그 뒤를 동생인 듯한 여자아이가 울면서 따라갔다.

집으로 돌아와 빨래를 세탁기에 넣고 걸레를 빨았다. 책장 사이에서 동전이 쏠려 나왔다. 걸레는 금세 더러워졌다. 책상에 촛농 자국이 둥글게 남아 있었다. 커터 칼을 들고 촛농 자국을 벗겨 냈다. 책상에 앉아 지리부도를 펼쳤다. 첫 장부터 훑어본 뒤 폐지 수거함에 넣었다.

빨래 바구니를 들고 옥상으로 간다. 나일론 끈으로 된 분홍색 빨랫줄은 옥상을 가로질러 묶여 있다. 빨래를 얹을 때마다 빨랫줄이 낮아진다. 셔츠 소매에서 한 방울씩 물기가 떨어져 바닥에 작은 얼룩을 만든다. 얼룩은 구도자의 행렬처럼 빨랫줄을 따라 길게 이어진다.

옥상 구석에는 주인집 아줌마가 키우는 화분이 하나 있다. 작년에는 방울토마토가 열린 것을 보았다. 올해엔 까맣게 마른 나무 옆에 잡초가 무성하다. 씨앗은 바람을 타고 왔을 것이다. 그중 제일 큰 잡초를 위로 뽑아 든다. 질긴 뿌리가 흙을 움켜쥔 채 버틴다. 걸려 있던 빨래가 일제히 한 방향으로 펄럭인다. 누군가 버려둔 세숫대야에 며칠 동안 내린 빗물이 고여 있다. 그 위로 조그만 은박지가 떠 있다. 은박지 그림자가 세숫대야 바닥에 보인다. 바람이 불 때마다 그림자가 흔들린다. 그 앞에 무릎을 굽히고 앉아 움직이는 그림자를 내려다본다. 나는 손가락으로 은박지를 눌러 물속에 가라앉힌다.

은박지는 그림자와 만나 움직이지 않는다.

친구가 이사를 간다. 연락을 받고 도착했을 때

그는 한창 짐을 싸고 있었다. 한동안 다니던 회사를 그만두고 곧 다른 일을 하게 될 거 같다고 했다. 무슨 일인지 묻지 않았다. 대신 그가 내게 물었다. 여권은 만들었냐, 어디로 갈 계획이냐 같은 종류의 질문이 대부분이었다. 나는 짧게 대답했다. 자장면을 시켜 먹고 남은 짐을 정리했다. 그가 방에서 책을 묶고 옷가지를 싸는 동안 나는 부엌을 정리했다. 신문지를 한 장씩 펼쳐 접시를 포장했다. 신문지에는 몇 년 전 날짜가 찍혀 있었다. 발돋움을 해 찬장에서 남은 접시를 꺼내다 미처 보지 못한 하나를 떨어트리고 말았다. 둥근 유리 접시는 피자 조각처럼 갈라졌다. 소리를 듣고 나온 그가 신문지에 큰 조각들을 담고 빗자루로 작은 조각들을 구석에 몰아넣었다.

"어차피 이사 갈 집이야."

그는 별일 아니라는 듯 다시 방으로 들어갔다. 그가 구석으로 밀어 놓은 유리 조각 중 하나를 손가락 위에 올려놓았다. 부엌에 면한 창문을 열자 빨간 벽돌로 지은 작은 빌라들이 산의 능선을 따라 빼곡히 모여 있었다. 창문 밖으로 손가락을 내밀었다. 햇빛의 각도에 따라 유리 조각은 처음과는 다른 색으로 반짝였다. 좁은 골목길의, 누군가 내다 버린 의자, 솜이 비어져 나온 인형, 바닥에서 녹아가는 아이스크림, 빛바랜 포장지, 보도블록 사이에서 돋아난 풀. 나는 그 어디쯤으로 유리 조각을 튕겨 보냈다.

옮겨야 될 짐은 책이 대부분이었다.

"이 책들 다 읽은 거야?"

"아니."

책장에서 나온 책은 다시 책장 높이만큼 쌓였다. 방 안에 쌓여 있는 책 묶음을 양손에 하나씩 들고 날랐다. 몇 번을 왕복해도 좀처럼 줄어들 기미가 보이지 않았다.

"버릴 책이 정말, 하나도 없는 거야?"

내가 말했다.

방을 나서던 그가 돌아봤다.

툭.

순간 책을 묶었던 끈이 끊어지면서 그의 손에 들렸던 책들이 내 쪽으로 무너졌다.

툭. 툭.

나는 그 소리가 어딘지 익숙하다는 생각을 하면서 그와 함께 쏟아진 책을 다시 정리하기 시작했다.

프리마 돈나

그녀는 가수였다.

누군가 그렇게 말했을 때 우리 귀는 설치류의 그것처럼 위로 쫑긋 솟아올랐다.

그녀는 내 친구의 부인이었다.

모임을 마치고 돌아가는 길. 부인이 가수라는 건 어떤 기분일까? 데뷔는 언제 했을까? 사람의 목소리는 상황에 따라 바뀌곤 한다는데 그녀도 그럴까? 그는 왜 내게 미리 말하지 않았을까?

생각이 많아졌다. 하지만 무엇보다 그는 내 친구

다. 나는 그 사실만으로 뿌듯함을 느꼈다. 그녀는 다른 일행과 함께 뒤처져 걸어오고 있었다. 고개를 돌리지 않아도 알 수 있다. 발걸음이 가벼워졌다. 거리는 신선한 냄새로 가득했다. 여름을 맞이한 가로수들이 크게 부풀었다.

비록 앨범 한 장을 끝으로 활동을 접었지만 종종 집에서 노래를 부르곤 한다고, 그는 수줍게 털어놓았다. 그러고는 동의를 구하듯 아내를 쳐다보았다. 그녀는 조용한 눈짓으로 대답을 대신했다.

그날, 맥주는 차가웠고 우리는 오랫동안 웃었다. 거리의 소음과 무질서한 인파 속에서도 나는 그녀의 목소리를 정확히 구별할 수 있었다. 그녀는 그날의 상징이 되었다.

그 후로 나는 오랫동안 병원에서 지내야 했다.

병은 아무런 전조도 없이 시작되었다.

여느 날처럼 야근을 마치고 퇴근하던 길이었다. 많은 사람들로 북적이던 전철역 앞에서 쓰러져 의식을 잃었다. 발을 헛디딘 거라 생각했다. 가벼운 두통인가 생각하던 찰나 왼발을 디딘 보도블록이 아래로 푹 꺼졌다. 균형을 잡기 위해 들고 있던 서

류 가방을 크게 휘둘렀다. 하지만 곧 둔탁한 충격을 느끼며 그대로 바닥에 쓰러지고 말았다. 그리고 경련이 시작되었다. 한 여자가 짧은 탄성과 함께 가방에서 휴대 전화를 꺼내 들었다. 사람들이 걸음을 멈추고 나를 내려다봤다. 누군가 내 어깨를 붙잡고 조심스레 흔들었다. 나는 다시 일어나지 못했다.

이후에 사람들이 그날의 기억에 대해 묻곤 했다. 쓰러지는 순간의 기억은 없다. 내 대답은 한결같았다.

정확한 병명을 알기 위해 시내에 있는 병원을 전전해야 했다. 머리에서 시작된 통증은 혈관을 타고 근육으로 번져 갔다. 경련이 시작되면 참을 수 없는 두통이 뒤따랐다. 순서는 반대가 되기도 했다. 공사장의 거대한 드릴이 뇌의 한 부분을 단속적으로 파고들었다. 통증이 시작되면 아무것도 할 수 없었다. 나는 머리를 부여잡고 웅크렸다. 보이지 않는 환부는 이해받기 어렵다. 사람들은 모른다. 두개골을 열어 꺼내 보고 싶었다. 통증을 멎게 할 수만 있다면 무엇이라도 하겠다. 나는 구원을 희구하는 광신도가 되었다.

간병인이 돌아간 밤. 나는 문득 깨어났다. 새벽

이었다. 멀리 간선 도로를 달리는 자동차의 엔진 소리가 들렸다. 부드럽게 가슴을 울리는 그것은 불가능한 노스텔지어를 연상시켰다. 창을 열고 싶었다. 그 소리를 더 가까이 불러들이고자 했다. 침대에서 창문까지의 거리가 너무 멀었다. 창가에 놓인 화분에는 잎이 둥근 식물이 담겨 있었다. 나는 몸을 일으키는 대신 생각의 손을 뻗어 무형의 이미지를 감싸 쥐었다. 그것은 밤의 드라이브, 바람에 날리는 머리카락, 창백한 가로등, 곧게 뻗은 하이웨이, 달빛을 가득 실은 사막에 닿았다. 병실은 무심한 듯 고요했다. 같은 병실을 쓰는 환자들의 숨소리와 간이침대에 누운 가족들의 뒤척임이 느껴졌다. 그 소리가 그치지 않기를 바랐다.

이곳에서 두 번의 계절을 보냈다.

의사는 부드럽고 신중한 인상이었다. 크고 깊은 눈으로 나와 자주 시선을 맞추며 이야기를 이어 나갔다. 대부분의 환자들은 자신의 병을 인정하지 않는다. 예기치 않은 행운에 맹목적으로 기뻐하듯이 불행에 대해서도 동일하게 반응한다. 위험한 일이다. 의사의 태도에는 그런 불상사를 미연에 방지하고자 하는 조심스러움이 묻어 있었다.

진료실은 간결하게 정돈되어 있다. 마우스 클릭하는 소리와 진료 기록이 담긴 차트를 넘기는 소리만이 정적을 방해했다. 오랜만에 느끼는 안락한 분위기에 나는 잠시 마음을 놓고 말았다. 의사가 입을 열었다. 몸속에 종양이 있다고 했다. 처음 그것은 동전만 한 크기였다. 그 말을 들었을 때 나는 저금통을 떠올렸다. 어딘가로부터 끝없이 떨어지는 동전이 저금통 안으로 쌓이고 있다. 내 몸속에 그런 동전이 쌓이고 있다. 동전은 내 몸에 있는 모든 구멍을 통해 들어왔을 것이다. 나는 코를 막고, 입을 다물고, 눈을 닫았다. 하지만 몸은 점점 부풀어 올랐다.

　의사는 희망을 가지자고 했다. 나도 모르게 알겠다고 대답했다.

　침대에 누워 있으면 시커먼 땀이 솟았다. 그만큼 몸은 말라 갔다. 어린 시절, 비가 내린 다음 날이면 등굣길에 죽어 있는 지렁이를 발견할 수 있었다. 한여름 아스팔트는 오전부터 달아오른다. 그 위에 놓인 지렁이들은 녹슨 못처럼 보였다. 여자아이들은 짧은 비명과 함께 길을 돌아갔다. 지렁이들은 모두 바닥에 납작하게 말라붙어 있었다. 제법 큰 놈은 내 손바닥 길이만 했다. 개중에는 드물게 살아 움직이는 것도 있었다. 몸통의 절반만 바닥에 납작하게 눌린 채였다. 앞에 놓인 풀숲을 향해 필사적으로 꿈틀거렸다. 한 걸음도 안 되는 거리지만 영원히 닿을 수 없는 거리였다. 더구나 몸의 절반이 나머지 절반을 묶고 있는 형국이었다. 지렁이는 영문도 모른 채 죽어갈 것이다. 곳곳에서 나타난 개미들이 살아 있는 지렁이를 에워싸기 시작했다. 나는 무릎을 펴고 자리에서 일어났다. 그리고 눈앞에서 꿈틀거리는 지렁이를 밟았다. 발바닥에는 아무 느낌도 없었다.

비가 오면 지렁이들은 어김없이 다시 그 길에 나타났다.

창밖에 아이들의 웃음소리가 들린다. 뜀박질을 하며 가쁜 호흡과 함께 터져 나오는 웃음소리다. 어제는 눈이 내렸다. 아무도 알려 주지 않았지만 나는 알 수 있다. 빗자루로 눈을 치우는 사람들이 있을 것이다. 저 아이들이 만든 조악한 눈사람 곁으로 언 손을 비비며 출근하는 사람들이 있다. 주춤주춤 비탈길을 미끄러져 내려오는 사람들과 오랫동안 정체되어 있는 자동차들의 긴 행렬을 짐작만으로 그려 본다.

병원 보일러실에서 솟아오르는 뜨거운 연기와 내리는 눈이 만난다. 눈은 연기 속에서 녹아 무거 워진다. 무게를 가진다. 종유석 끝에서 떨어지는 한 방울의 물처럼 그것은 내 이마에 닿는다. 아니 다. 이것은 꿈이다. 나는 그렇게 믿는다. 내가 가진 것은 그뿐이다.

오늘, 침대는 나의 부재를 인정했다.

체온계가 떨어트리는 온도를 몸속으로 주워 담 는다. 내 온도는 세계와 무관하다. 그렇지 않은가? 침잠하는 나의 생각과 겨드랑이에 물려 놓은 체온 계의 수은이라는 물질. 오랫동안 물질과 싸워 온 인간에게는 동정이 필요하다. 끓고 있는 솥에 뿌려 지는 후춧가루처럼 나는 분할된다. 자신의 맥박을 느낄 때의 이물감이란 집게손가락에 눌린 벌레를 연상시킨다. 체온계를 만져 보면 잘 익은 과일처럼 내 맥박이 맺혀 있다는 것을 알 수 있다. 눈을 깜 박이고, 문을 열었다 닫고, 인사를 하고 인사를 받 고, 일어나고 다시 눕고, 개가 뼈다귀를 물었다 놓 는 것처럼 체온계에 맺혀 있는 맥박은 고정되어 있다가 가끔씩 어딘가로 흘러가기도 했다. 한 번도 보지 못한 내 온도를 그곳에 남겨 두었다.

한쪽 팔을 붙잡아 혈관을 튀어나오게 만든다. 압력을 못 이긴 혈관이 불거진다. 안에는 뜨거운 피가 흐르고 있겠지. 내 안에는 아직 이런 힘이 남아 있다. 무력한 나는 손끝으로 그 질감을 확인하고 싶다. 머리카락을 잡고 있는 힘. 팔과 다리를 붙들고 있는 힘. 기억하는 힘. 그날을 기억하는 힘. 눈알과 손톱, 성기에 난 털을 유지하는 힘. 아직 힘이 남아 있어 그들은 내 곁에 머물고 있는 것이다. 그런 것들. 나는 혼자가 아니라는 생각. 생각의 힘. 생각의 힘으로 내가 기억하는 것들. 기억하는 것들에서 잃어버리는 것들.

기억하는 것은 내게 힘이 남아 있기 때문이다. 아니다. 내 힘이 아니라 그들이 자신들의 힘으로 내게 붙어 있는 것이다. 나는 그 얘기를 하고 싶다. 하지만 붙잡고 있던 팔을 놓자마자 모든 것은 다시 제자리로 돌아간다.

밤이다. 언제부터 밤이었는지 알 수 없다. 밤과 어둠은 다르다. 질감부터 다르다. 눈을 뜬다. 아직 밤이다. 나는 여전히 누워 있다. 어둠이 눈에 스며들자 제일 먼저 벽이 보인다. 벽은 신뢰할 수 있다. 벽에 둘러싸여 생각한다. 맞은편 벽에 작은 구멍이 있다. 예전엔 미처 발견하지 못했다. 벽의 한가운데 뚫려 있는 저 구멍은 벽이 꽉 쥐고 있는 송곳 같다. 누워 있는데도 내가 어지러운 것은, 생각이 너무 많아서다.

그런데 푸른 녹을 테두리에 남겨 두고 못은 어디쯤 떨어져 있을까.

스탠드를 켜자 병실에 입체감이 돋아난다. 나는 꼼짝할 수 없다. 오랫동안 움직이지 않고 있으면 어느 순간, 다시는 움직이지 못할 거라는 예감이 든다. 오래전 목욕을 마치고 나면 똑같은 생각을 했다. 물이 가득한 욕조에 마개를 뽑은 뒤에도 한동안 그 안에 앉아 있었다. 처음에 물은 너무 뜨거웠다. 하지만 시간이 지나면서 체온과 물의 온도는 같은 지점에서 만났다. 물이 줄어들면서 먼저 어깨가 물 밖으로 드러났다. 가슴과 갈비뼈를 지나 허리까지 물이 빠지면 몸에서 김이 났다. 옅은 현기증이 함께 찾아왔다. 몸은 피부로 인해 빈틈없이 봉인되어 있지만 내가 붙잡을 수 없는 온도는 배수

구를 통해 빠져나가고 있었다. 물의 양이 어느 정도 줄어들자 발치에서 작은 소용돌이가 일었다. 중심에는 물기둥으로 이루어진 구멍이 패어 있었다. 끝을 알 수 없이 깊어 보였다. 몸에서 벗어난 부유물들이 그 구멍으로 빨려 들어갔다. 나는 길고 느리게 목욕을 했다. 그때 내 몸의 바깥에서 물이 빠져나가는 소리가 들렸다. 아주 가까운 곳이었다. 배수구에서 물이 빠지고 있다.

욕조에 혼자 앉아 있었을 때처럼 벽에 뚫린 못자국을 한참 동안 쳐다본다.

"아버지 허벅지에는 지금도 굵은 철심이 박혀 있어."

그는 내가 건네준 음료수 뚜껑을 열며 말했다. 이른 저녁 식사를 마친 환자들은 선잠에 빠져 있었다. 조도를 낮춘 병실에는 가습기가 뿜어내는 수증기만이 주술사의 부름을 받은 것처럼 위태롭게 움직인다.

내 입원 소식은 빠르게 퍼졌다. 많은 사람들의 방문을 받았다. 피곤한 일이었다. 모두가 돌아간 밤이면 나는 혼자 그들의 건강을 증오했다.

모임을 가졌던 친구들이 약속을 잡고 함께 병문안을 왔을 때 그의 모습은 보이지 않았다.

"오늘 급한 일이 생겨서 부득이하게 같이 못 왔어."

다른 친구가 대신 말을 전했다. 나는 과장된 미소로 오해의 소지를 없앴다. 실제로 서운한 감정은 없었다. 때문에 혼자 찾아온 그가 늦은 병문안에 대해 사과했을 때 나는 적당한 말을 떠올리느라 잠시 굳은 표정이 되었다. 창유리에는 병실 풍경이 오롯이 담겨 있었다. 나는 누워 있고 그는 앉아 있다. 그는 내 눈치를 살피더니 대신 어두운 창을 보며 말을 이었다.

"내 아버지 허벅지에는 지금도 철심이 박혀 있어. 오토바이 사고였지. 밤새 술을 마시고 오토바이를 탄 거야. 출근길이었던가? 그건 잘 모르겠어. 새벽녘 회사로 가던 길에 횡단보도를 건너는 노인을 발견한 거야. 노인은 정말 천천히 걸었을 거야. 피하기에는 속도가 너무 빨랐지. 취중에도 그런 건 알게 되겠지. 빠르게 움직일 때는 자신의 동선을 좀 더 멀리 두게 되잖아. 아버지의 동선에 그 노인이 걸린 거지. 아버지는 노인 대신 가로수를 들이 받았어. 여기까지가 내가 들은 얘기야.

나중에 가족과 함께 문병을 갔었지. 그런데 왠지 병실 안으로 들어가기 싫은 거야. 두려웠던 건지도 모르지. 엄마와 동생이 차례로 들어간 병실 문밖에 나는 온몸이 굳은 채 서 있었어. 복도는 어두웠고 이상한 냄새가 계속 났어. 소독약 냄새라고 나중에 엄마가 일러 주었지만 나는 그 냄새가 나를 지우고 있다고 생각했어. 병실 안에서 엄마가 내 이름을 불렀어. 자꾸만 불렀지.

그날 내가 병실에 들어갔는지 정확히 기억나지 않아. 하늘색 병원 모포를 덮고 있는 아버지. 한쪽 다리가 천장에 매달린 끈에 들려 있는 아버지의 모습은 나중에 텔레비전에서 본 장면에서 아버지의 얼굴을 붙여 놓은 기억일지 몰라. 나는 그날 내가 병실에 들어가지 않았다고 생각해.

언젠가 처음 아버지가 사고를 냈던 자리에 다시 가 봤어. 일부러 그러진 않았지만 도착하니 새벽이었어. 회사로 향하는 넓은 4차선 도로가 있었고 교차로가 있었어. 차는 보이지 않았고 길을 건너는 사람도 없었어. 그 넓은 도로를 그냥 두는 것이 낭비라고 생각했어. 그래서 그날 아버지는 오토바이의 속력을 최대로 높여 그 도로를 지나가고 싶었던 건지도 몰라. 아버지가 노인 대신 들이받은 가로수가 어떤 것인지 찾아보려 했는데 몇 년이 지난 뒤라 제대로 알아볼 수 없었어.

도로는 넓었어. 나는 한쪽에서 다른 쪽으로 무단횡단을 해 봤어. 평소에는 잘 기억나지 않지만 어떤 순간이 오면 나는 그날 내가 가로질렀던 넓고 어두운 도로의 감촉이 느껴지는 거 같아. 여기, 머릿속에서. 관자놀이 말고, 정수리. 끝없이 펼쳐지는 길이 거기 있어. 그리고 오토바이 엔진 소리가 들리지.

아버지 허벅지에는 한 뼘도 넘는 수술 자국이 있어. 그 안에는 강철이 들어 있지. 아버지는 이제 잘 뛰지 못해. 대신 길을 걸을 때 종종걸음으로 앞선 일행을 따라잡지. 강철은 빛나고 단단하지만 뼈는 그렇지 못하니까. 서로 어울리지 않는 셈인가. 아무튼 그렇다는 얘기야."

말을 마친 그는 음료수를 단숨에 마시고 빈 병을 창가에 놓았다. 어두운 창문에 새로운 풍경이 등장했다.

나는 요즘 뼈를 만져 보는 습관이 생겼다. 단단

한 뼈를 만지고 있으면 마음이 편안해진다. 내 말을 듣고 그는 자신의 팔꿈치를 쓰다듬었다. 하지만 정작 뼈와 뼈 사이에 있는 관절은 만질 수 없다. 존재하지만 실감할 수 없는 그 공간이 내 몸을 움직이게 한다. 나는 그를 향해 손가락을 움직이며 말했다. 우리는 소리 없이 웃었다.

그는 대출을 받아 곧 새집으로 이사를 한다. 투자 목적이 아니라서 리모델링에 신경을 많이 쓰고 있다. 아내가 주도적으로 나서서 이곳저곳 알아보고 있다고 했다. 그의 아내. 가수가 꿈이었다는 그의 아내는 지금 새집으로 이사 갈 생각에 들떠 있다. 나는 잠시 말을 잊었다. 그사이 간호사가 한 번 병실을 훑어보고 갔다. 그 후로 그는 오래도록 말이 없었고 나는 그 침묵에 동참한 뒤 한 손을 들어 그를 배웅했다. 또 오겠다는 말은 없었다. 고마웠다.

어느 날부터 병실이 미세하게 한쪽으로 기울어져 간다. 나는 몸으로 느낄 수 있다. 기울어진 곳의 끝에는 아마 어딘가로 연결된 구멍이 있을 것이다. 병실이 기울어 있다는 것을 알고 난 뒤부터 몸 안에 담긴 피가 내내 불안하다. 끊임없이 흔들린다. 흔들리면서 애써 균형을 잡으려 한다. 피와 함께 생각이 한쪽으로 뭉친다. 풀리지 않는 매듭이 된다. 갑갑하다. 참을 수 없이. 맨몸으로 사막을 향해 걷는 여행자. 그 지친 발걸음과 메마른 목젖처럼 나는 어쩔 수 없는 갑갑함을 호소한다. 아무도 들어줄 사람이 없다는 건 알고 있다. 그래서 더욱 갈증을 느낀다.

전화벨 소리에 눈을 떴다. 습관적으로 오늘의 요일과 시간을 떠올려 보았다. 한 손으로 침대를 짚으며 상체를 일으켰다. 곧 두통이 시작되었다. 표정을 일그러트리며 전화를 받았다. 작고 시끄러운 수십 마리의 벌레가 머릿속을 날아다녔다. 고개를 좌우로 돌리자 목에서 우드득하는 소리가 들렸다. 덕분에 벌레의 소음은 곧 사라졌다.

여자는 보험 상품 판매 회사 직원이었다.

말투가 빠르고 같은 말을 반복했다. 정해진 시간에 많은 정보를 전달하려니 그런 모양이다. 여자는 나를 고객이라고 불렀다.

"뭐라고요?"

목을 가다듬고 다시 물었다. 병실이 너무 건조

했다. 창으로 들어온 햇빛이 침대의 아래쪽 절반을 비추고 있었다. 이불 밖으로 발이 드러났다. 발가락을 움직여 보았다. 하나씩 움직이려고 했는데 발가락은 모두 한꺼번에 움직였다.

여자는 차분해진 어투로 처음부터 다시 설명하기 시작했다. 나는 새삼 여자가 좋은 목소리를 가지고 있다고 생각했다. 평소에 그런 말을 자주 듣지 않느냐고 묻고 싶었다. 세상에는 그런 종류의 사람이 있다. 목소리 톤은 낮고 일정하게 유지한다. 하지만 결코 지루하게 들리지 않는다. 여러 개의 문장이 견고한 열차처럼 연결되어 정해진 선로를 끊기는 일 없이 이동한다. 전달하고자 하는 의미가 선명하게 열차 창밖으로 펼쳐진다. 핵심 단어는 목소리 위에서 분명하게 존재감을 드러낸다. 모든 것이 완벽했다. 마치 숙련된 제련공의 솜씨를 감상하는 듯했다. 한 치의 머뭇거림도 없고 단어를 잘못 발음하는 일도 없다. 간단하고 명확한 사실 전달에 힘쓸 것. 아마 여자의 책상에는 이런 말이 붙어 있을 것이다.

여자가 좀 더 오랫동안 자신의 목소리를 들려줬으면 싶었다. 매뉴얼에는 감정이 동요될 만한 내용은 없었다. 단지 조건에 따른 결과와 혜택의 적용 범위에 대한 설명이 이어졌다. 무엇보다 여자는 내가 누군지 모른다. 그게 마음에 들었다.

순간 여자가 말을 멈췄다. 설명을 마친 여자가 내 대답을 기다리고 있었다. 나는 지금 어떤 상태에 있는가. 나는 현재 병원에 있으니 실손 보험은 효력을 받기 어렵고, 곧 중요한 수술을 앞두고 있으니 종신 보험이나 연금 보험을 생각할 여유가 없다. 여자는 내게 쾌차를 바란다며 전화를 끊었다. 진심이라고 생각했다.

통화가 끝났다.

휴대 전화를 협탁에 놓았다. 그리고 방금 끝난 통화를 떠올렸다. 여자의 입술을 그려 보았다. 허파로부터 시작된 숨이 성대를 지나며 목소리를 얻는다. 유연한 혀가 단어와 단어를 감싸며 경쾌하게 목소리를 뱉어 낸다. 순간 아랫도리가 묵직해졌다. 오랜만이었다. 여자의 목소리가 귀에 남아 있었다. 메아리처럼 긴 잔향을 남기고 있다. 그 목소리가 보이지 않는 전파를 타고 전해졌다는 생각에 짜릿해졌다. 나는 여자의 목소리를 베고 누워 조금 더 잠을 청했고 다시 눈을 떴을 때는 기분이 훨씬 좋아졌다. 창으로 들어오는 햇빛의 각도가 달라져 있었다. 그것은 방 안에서 빛이 가지는 어떤 영역을 표시해 주고 있었다. 손을 들어 정확히 손목까지만 햇빛의 경계로 밀어 넣었다. 천천히 엄지와 검지를 비벼 보았다. 몇 겹인지 모를 햇빛의 껍질을 벗겨 보았다.

밤부터 비가 내렸다. 구토 증세가 심해졌다. 컵에서 비릿한 냄새가 났다. 내가 사용하는 컵이니 내 입에서 나던 냄새다. 물을 마시려다 헛구역질이 일었다. 창에는 빗줄기가 그려 내는 무늬가 어지럽게 흘렀다. 내 속에서 나오려고 하는 것이 병이었으면 좋겠다. 내 안에서 나와 함께 살고 있지만 내가 아닌 그것이, 느낄 수 있지만 실체를 확인하지 못한 그것이 모두 밖으로 드러났으면 좋겠다. 하지만 나는 차마 그것을 대면할 용기가 없다. 모든 것이 빠져나오고 나는 결국 껍데기에 지나지 않을까 하는 생각이 두렵다. 그런 생각 끝에 겨우 잠이 들었다. 그 안에서 나는 무슨 꿈을 꾸었던 것 같고, 그 꿈에 너무 몰입한 나머지 현실 감각을 잃었던 것 같고, 아침에 깨어나 기억이 나지 않지만 한

동안 그 여운에서 헤어나지 못했던 것 같고, 기억나지 않는 꿈을 꾼 날은 내가 잠시 다른 세상에 살다 온 사람처럼, 그곳에 소중한 무언가를 놓고 온 사람처럼. 하지만 결국 그것이 끝내 기억나지 않는 사람이 된다.

그에게 전화를 걸었다. 특별히 용건이 있던 건 아니었다. 단지 그날 내게 들려주었던 얘기를 좀 더 하고 싶었다. 비정상에 대해, 장애를 지닌 채 사는 것에 대해. 그는 나를 이해할 것이다.

긴 신호음이 조바심을 부추겼다. 종료 버튼을 누르려던 찰나 전화가 연결되었다. 여자 목소리였다. 핸드폰을 놓고 나간 그를 대신해 부인이 전화를 받았다. 그는 외출 중이라 했다. 친절하게도 그녀는 나의 병세를 걱정해 주었다. 나는 확신이 배제된 희망의 문장들로 그녀의 호의에 화답했다. 안부를 묻는 질문에 대한 병자의 신중한 겸손함. 요즘은 그런 자세가 익숙하다.

전화를 끊을 때쯤 나는 갑자기 그녀의 노래를 듣고 싶은 충동에 휩싸였다. 오래전 그날 우리 모임은 노래방에서 마무리되었다. 그녀는 수줍게 마이크를 잡고 자리에서 일어섰다.

조명과 함께

환호를 받으며

마치 오페라 무대에 등장하듯이

우리 앞에 섰다. 노래가 시작되고 나는 그녀의 목소리에 빨려 들었다. 그날 이후로 우리는 처음으로 대화를 나누고 있었다. 전화를 받을 때 그녀는 '오랜만'이라고 했다. 그 단어 덕분에 기억이 났다.

그 노래를 다시 듣고 싶었다. 그때 그녀가 불렀던 노래. 나는 그렇게 말했다. 그녀는 대답이 없었다. 나지막한 숨소리가 전해졌다. 「더 웨이 위 워(The Way We Were)」는 같은 이름의 영화에 오에스티로 사용된 곡이다. 영화는 「추억」이라는 이름으로 개봉했다. 본 적이 있다. 휴일 오후 소파에 누워 텔레비전 채널을 돌리다 우연히 보게 되었다. 사랑하던 두 남녀가 오랜 이별 후 재회하게 되지만, 이미 또 다른 시작을 하기에는 너무 늦었다는 것을 확인하고 서로 각자의 길로 헤어진다는 내용이었다. 특별할 것 없는 내용이었지만 영화가 끝나고 주제곡이 흘러나올 때까지 나는 자리를 뜨지 못했다. 「더 웨이 위 워」는 그 영화의 주제곡이었다.

오후의 병실은 조용하다. 여느 때처럼 모두 낮

잠에 빠져 있다. 무리한 부탁이었을까. 포기하려는 순간 그녀가 허밍으로 진행하는 노래의 도입부를 부르기 시작했다.

나는 수화기를 베갯맡에 둔 채 눈을 감았다. 창을 통해 넓고 환한 빛이 쏟아졌다.

입원 후 몇 번의 수술을 받았다. 증세는 크게 바뀌지 않았다. 그리고 나는 또 한 번의 중요한 수술을 앞두고 있다. 중요하다는 것은 의사가 한 말이다. 회진을 돌 때마다 나에게 날짜를 상기시켰다. 그녀의 목소리는 놀라웠다. 나는 고개를 돌려 달력을 쳐다보았다. 검은 동그라미로 표시한 날짜가 비석처럼 단단해 보였다.

나는 그녀에게 말하고 싶었다.

'당신은 모르겠지만, 곧 메스와 함께 차가운 것들이 내 몸을 열고 들어올 것입니다. 당신과 나는 같은 모양의 위장과 같은 길이의 내장을 가지고 있습니다. 밥을 먹으면 배가 부르고, 때가 되면 필연적으로 화장실을 가야 합니다. 코끝에 자두를 대면 맑은 침이 고이고, 매일 일정한 양의 수분이 필요합니다. 또 그만큼을 땀과 오줌으로 내보내야 합니다. 당신과 나는, 우리는 공통점이 많습니다. 하지만 나는 당신과 다릅니다. 곧 차가운 핀셋이 내 연약한 장기들을 맛없는 반찬처럼 뒤적거릴 것입니다. 그동안 나는 무력합니다. 그 생각을 참을 수 없습니다. 수술은 실패할지 모릅니다. 그날 내 몸이 닫히지 못하면 나는 소독약 냄새를 풍기며 체온을 잃어버리겠지요.

의식하지 못하는 사이 죽을지도 모른다는 생각. 그 생각이 두려움으로 바뀌는 과정을 하루하루 지켜봅니다. 그것은 구름의 모양이 변하고, 오래된 종이에서 색이 빠져나가는 것과 같습니다. 두려움은 탁한 빛을 띤 채 침대를 잠식해 들어갑니다.'

그 광경 앞에서 나는 여전히 속수무책이었다.

한 소절씩, 그녀의 노래는 점점 절정을 향해 치달았다. 수술을 앞둔 상황이라 나는 몇 시간째 금식 중이었다. 입술은 하얗게 각질이 일었고, 목젖은 타들어 가듯 메말랐다. 하지만 그녀의 노래를 멈출 수는 없었다. 그녀가 두 번째 소절을 부르고 있을 때 아이들이 현관문을 통해 집 안으로 뛰어들어오는 소리와 친구의 목소리가 섞여 들었다. 외출에서 돌아온 것이다. 그녀는 잠깐 멈칫거렸다. 하지만 노래를 멈추지 않았다. 나는 입술을 깨물었다. 침대 시트를 꽉 움켜쥐었다. 수화기 안에서 그의 건강한 목소리를 들을 수 있었다. 그들은 이번 주말에 교외로 나가 외식을 할 것이다. 햇빛은 여전히 밝고 따뜻했다. 노래는 이제 막바지로 치닫고 있었다. 노래가 끝나면 그녀는 다시 평범한 주부로 돌아갈 것이다. 아이들을 안아 주고 매끼 식사를 준비하기 위해 그와 함께 마트로 갈 것이다. 빨래를 넌 뒤 하늘을 바라보며 그날의 날씨를 만끽하겠지.

그는 이제 곧 아내가 누구와 통화를 했는지, 누구에게 노래를 불러 주고 있었는지 물을 것이다. 우리는 오랜 친구 사이이다. 서로 못할 얘기가 없다.

체중이 줄고, 살이 빠지면서 혈관도 희미해졌다.

그녀의 목소리는 놀라웠다. 특히 노래할 때의 목소리는 전혀 다른 사람처럼 느껴졌다. 나는 혼란스러웠다. 블라인드를 통과한 햇빛이 내가 덮고 있는 모포 위에 닿았다. 햇빛이 닿지 않는 부분. 나는 하늘색 모포에 그늘진 부분을 자꾸만 쓰다듬었다. 내 손바닥이 그녀의 가느다란 목에 닿는 상상을 했다. 가느다란 목선을 지나 아름다운 목소리가 통과하는 그녀의 목젖에 생각이 다다르자 나도 모르게 주먹을 꽉 움켜쥐었다. 스스로도 놀랄 만한 힘이었다. 팔 근육에 미세한 경련이 일었다. 나는 내장을 들어내는 기분으로 길고 느리게 호흡했다. 천장의 무늬가 흐려지더니 활자로 굳어졌다. 한 문장을 이뤘다. 그 문장은 불행을 예고하는 신탁처럼 내 이마로 떨어졌다. 나는 그 문장을 소리 내서 읽었다. 귀로 들어온 문장의 흐름이 다시 입 밖으로 이어졌다.

간호사가 병실로 들어왔다. 한 손에 든 차트에서 내 이름을 확인하고 사무적인 어투로 수술 일정을 상기시켰다. 그리고 내게 기분이 어떠냐고 물었다.

나는, 그녀가 죽었으면 좋겠다고 말했다.

그날은 여느 날과 다를 바 없었다.

5월. 비가 그치고 햇빛이 선명한 오후. 나는 담배 한 개비와 라이터를 들고 건물 밖으로 나섰다. 나뭇가지마다 새로 돋아난 여린 잎이 흔들리고 있었다. 대기를 가득 메운 생명력 덕분에 숨 쉴 때마다 현기증이 일었다.

그 새는 덤불 아래 숨어 있었다.

조심스레 다가갔지만 어느 순간 그럴 필요가 없음을 느꼈다. 새는 죽어 있었다. 마치 잠든 듯 평화로운 모습이었다. 누군가 그곳에 놓고 간 것처럼 보였다. 머리부터 꼬리까지 직선으로 뻗은 모습이 날렵했다. 손바닥을 펼쳐 새의 길이를 재봤다. 깃털에는 아직 물기가 남아 있었다. 나는 꽁초를 버리고 다시 사무실로 올라왔다.

그날은 야근을 했다. 직원들과 저녁을 먹고 돌아오다 다시 그곳을 찾았다. 새는 여전히 그 자리에 있었다. 나는 담배를 피우고 사무실로 돌아갔다. 다음 날은 중요한 프레젠테이션이 있었다. 결과는 만족스럽지 못했다. 새는 여전히 그곳에 있었다. 다만 모습이 조금 달라졌다. 무엇이라고 집어 말할 수는 없지만, 어딘지 조금 낡아 보였다.

다음 날은 주말이었다. 월요일 업무는 사무실 청소를 하는 것으로 시작한다. 사무실에서 흡연하는 사람은 나를 빼고, 입사한 지 한 달된 여직원뿐이다. 우리는 각기 다른 장소를 정해 담배를 피운다. 내 장소는 한강을 건너는 철교 아래, 커다란 교각 뒤다. 새는 그곳에 있었다. 그리고 그날 새는 배가 갈려 있었다. 내장은 이미 사라졌고, 피가 깃털에 말라붙었다. 검은 고양이가 덤불을 흔들며 사라졌다. 오후에는 구더기가 생겼다.

업무는 어렵지 않았지만 이 일을 계속할 수 있을까 고민하는 시간이 많았다. 회사는 한강과 가까워 나는 쉬는 시간 틈틈이 한강변으로 나가 벤치에 앉아 있곤 했다. 개를 산책시키는 사람과 라이딩을 즐기는 사람, 간혹 한강에서 윈드서핑을 즐기는 사람을 볼 수 있었다. 나는 연신 휴대 전화를 만지작거리며 사무실에서 호출이 오는지 확인했다. 일은 어렵지 않았지만 나는 매번 같은 업무 앞에서 망설였다. 그때마다 새를 생각했다.

그날 새는 여전히 그 자리에 있었다. 살과 피의 흔적은 찾을 수 없었다. 드문드문 남아 있는 깃털 사이로 뼈가 드러났다. 뼈는 길고 얇았다. 큰 뼈를 중심으로 얇고 가는 뼈들이 나뭇가지처럼 이어져 있었다.

며칠 동안 내리던 비가 그친 뒤, 나는 담배를 챙겨 들고 나섰다.

새는 그 자리에 없었다. 아무 흔적을 남기지 않고 깨끗이 사라졌다. 잠시 뒤 머리 위로 전철이 지나갔다. 육중한 진동이 교각을 타고 내려왔다. 나는 그 진동 속에서 한강을 지나가는 전철의 행렬과 그 아래에서 윈드서핑을 즐기는 사람과 자전거 타는 사람을 떠올렸다. 그리고 새가 자신의 뼈와 깃털로 감싸고 있던 것들을 생각했다.

그것은 나와 다르지 않았다.

2019년 2월

이동욱

이미지 소설과 삶의 관절

송종원(문학평론가)

기교가 산출한 절망

이동욱 소설을 읽다 보면, 이상이 쓴 유명한 구절 "절망이 기교를 낳고, 기교 때문에 또 절망한다."를 새삼 다시 생각하게 된다. 저 말은 혹 자신의 작법에 특별한 아우라를 부여하려던 이상의 알리바이였던 것은 아닐까. 기교를 가치절하하는 듯한 이 구절에는 아마도 특정한 무언가를 가치매김한 예술의 관념이 흐르고 있을 터이다. 사실 이상의 말에서만이 아니라 기교는 특히 예술과 관련한 한국어 표현의 자장에서 가치절하되는 면이 없지 않다. 예술은 기교를 넘어서 특별한 무언가를 품고 있어야 한다는 믿음은 여전히 강력하게 작동 중이다.

하지만 당연하게도 기교의 힘을 빌리지 않은 예술은 없다. 기교를 넘어서기 위해서라도 우선 기교가 전제되어야 하지 않는가. 게다가 기술 없는, 내용의 진정성만을 강조하는 작품이 주는 피로와 기술을 동반하지 않은 표현의 구태의연함에 대해서라면 굳이 말을 덧붙일 필요가 있을까. 그러므로 이런 상상도 해봄직하다. 이상이 절망으로부터 기교를 구한 것이 아니라 애초부터 기교를 통해 절망을 낳았다면, 그는 그 기교로부터 다른 무언가를 얻는 일이 가능하지 않았을까.

절망의 순도에 대해 생각하는 밤이다.
이것은 증류수처럼 고요한 시간의 기록이다.
그 속에서 나는 물방울처럼 웅크린다.
　　　　　　　　　　　　　—「여우의 빛」, 9쪽

절망의 순도라는 표현은 백색의 순결만큼이나 어딘가 감상적이고도 촌스럽게 들린다. 하지만 절망의 순도라는 내용에서 시선을 거둔 뒤 초점을 순도를 높이는 행위에 맞추면 말이 조금 달라진다. 무언가를 높이기 위해서는 특별한 방법이 필요한 법, 그러니까 순도를 높이는 기술 혹은 형식 같은 것 말이다. 이동욱이 「여우의 빛」 도입부에 적은 저 구절은 그러므로 일종의 선언이다. 절망의 포즈가 아니라 절망의 형식을 보여 주겠다는 선언! 그를 통해 소설이 그려 내는 삶 속에서 절망을 구체적으로 기록하고 안착시키겠다는 표명!

그의 소설이 기술이라는 말에 포섭될 설계와 형식에 특별한 애정을 가지고 있다는 점은 여러 곳에서 발견할 수 있다. 인물의 유형만 보더라도 그렇다. 이동욱 소설의 인물들은 일종의 기술자라고 불릴 만한 사람들이다. 킬러, 연주자, 가수, 열쇠공, 건축설계사, 그리고 능숙한 운전자까지……. 인물의 유형이 부족하다면 소설 속 주인공을 매료시킨, 다음과 같은 숙련된 작업의 묘사를 떠올려 봐도 좋다.

여러 개의 문장이 견고한 열차처럼 연결되어 정해진 선로를 끊기는 일 없이 이동한다. 전달하고자 하는 의미가 선명하게 열차 창밖으로 펼쳐진다. 핵심 단어는 목소리 위에서 분명하게 존재감을 드러낸다. 모든 것이 완벽했다. 마치 숙련된 제련공의 솜씨를 감상하는 듯했다. 한 치의 머뭇거림도 없고 단어를 잘못 발음하는 일도 없다. 간단하고 명확한 사실 전달에 힘쓸 것.

—「프리마 돈나」, 262쪽

정교한 작업에 대한 이 같은 묘사는 이동욱의 소설에서 자주 발견된다. 그중에서 굳이 이 부분을 인용한 이유는 이동욱의 창작법을 떠올릴 만한 이미지가 여기에 녹아 있기 때문이다. 여러 개의 문장이 정해진 선로를 끊기는 일 없이 이동하는 열차 같다는 표현은 이동욱의 창작법을 암시한다. 앞서 살펴본 선언문에도 이 작법이 작용한다. "절망의 순도"에서 "증류수"로, 다시 "증류수"에서 "물방울"로 옮겨 간 이미지의 연쇄! 이미지와 이미지를 치밀하게 연결하는 이 작업은 결과적으로 물 흐르듯 흘러가는 이미지의 전개를 살펴보게 하는 재미를 준다. 하지만 그 작업의 특별한 매력은 다른 데 있다. 바로 이미지에 대한 맹목의 실험이다.

다시 말해 이동욱은 자신이 그리고자 하는 바를 거듭 다시 그리는 작업을 하는 중이다. 그가 표현하고 싶은 진실한 이미지는 소설 속에 없다. 이 부재가 그로 하여금 끊임없이, 더 예민하게 작은 디테일들을 사로잡게 하고 변주하게 만드는 것이다.

　그러므로 이동욱의 소설을 두고 이렇게 말할 수도 있다. 그가 하려던 이야기와 그가 보여 주려는 사태는 아직 말해지지 않았고 끝까지 말해지지 않을 것이다. 왜냐하면 그 역시 말하고 싶은 바가 어렴풋하기 때문이다. 그의 소설을 장악하는 것은 작가가 아니라 이미지이다. 이미지에서 출발한 소설은 새로운 이미지를 불러오고 새롭게 불려 온 이미지가 또 다른 이미지를 불러온다. 이미지와 이미지 사이에서 작가는 그것들을 매개하고 자연스럽게 사라진다.

　그의 소설을 읽었다면 조용히 머릿속에 떠올려 보라. 소설의 잔상으로 남아 있는 것이 인물의 이야기인가 그 인물을 둘러싸고 전개되던 이미지인가.

텅 빈 자아의 감각술

이동욱의 특별한 기술은 그의 소설을 듣는 장르로, 또 보는 장르로도 만든다. 청각적으로, 그리고 시각적으로 섬세한 묘사들은 그의 소설의 백미이며, 동시에 소설집 어느 곳에서나 발견할 수 있을 만큼 풍부하다. 감각이야말로 그의 단단한 뼈이고 구체적인 사실이다. 누군가는 소설의 뼈가 스토리에 있다고 주장할 수도 있다. 하지만 이동욱에게는 감각이 뼈고 스토리는 그 뼈에 붙은 일종의 살집에 불과하다. 많은 이들은 소설가를 이야기의 힘을 믿는 사람들로 연상하지만 이동욱의 소설에서는 이야기보다 이야기의 흐름에 녹아든 감각적 자질들이 먼저 감지된다. 작가는 이야기 이전에 이야기가 되기 힘든 감각을 더 신뢰할지도 모르겠다. 그래서인지 그의 소설 속 둔중한 울림은 감각적인 묘사들에서 비롯될 때가 많다. 가령 이런 감각 그리고 이런 고독감.

발을 디딜 때마다 구두 굽이 만들어 내는 발소리가 좁은 통로에 울린다. 이 소리들은 계단에 녹아 있다가 내 구두가 닿을 때마다 밖으로 깨어나는 것 같다. 깨어난 소리들은 밖으로 빠져나가지 못하고 고스란히 내 몸으로 녹아든다. 발소리를 따라, 가장자리부터 얼굴이 굳어진다. 나는 걸음을 멈춘다. 웅덩이에 고인 물이 마르듯 표정이 사라지는 걸 느낀다. 발소리의 반향이 사라진다. 모두 제자리로 돌아간다.

　　　　　　　　　　　　　　　—「여우의 빛」, 10쪽

　표제작 「여우의 빛」에 묘사된 인물의 모습이다. 그런데 이 부분은 이 소설집에 나오는 어떤 인물의 묘사로 보아도 크게 무리가 없다. (이동욱의 소설은 한 형상이 여러 인물의 옷을 입고 번갈아 출현하는 듯한 인상을 준다. 그것은 아마도 작가가 절망을 단련하는 하나의 과정으로 여러 이야기를 조직해 보는 실험을 하는 상황과도 연관이 있을 것이다.)

　저 섬세한 묘사는 이야기의 주인공이 지녔을 사연이나 맥락을 휘발시키며 순간적으로 인물의 텅 빈 내부를, 무시무시한 공허함을 마주하게 만든다. 무엇보다도 인물의 개별성과 구체성을 바탕으로 보편성에 이르려는 소설의 관습을 떠올리면 주인공의 사연과 그 맥락이 사라진다는 말은 조금 이상하게 들린다. 하지만 저 말은 이동욱의 소설 속 인물들이 개별성을 잃은 허수아비 같다는 말이 아니다. 오히려 텅 빈 육체로서의 몸은 개별성을 넘어 동시대인이 품고 있는 어떤 공동의 상태를 정확히 펼쳐 보인다.

공허함은 우울증과 경계선 성격장애의 기본적인 증상이다. 경계선 성격장애를 지닌 사람은 흔히 자신을 느끼지 못한다. 자신에게 생채기를 낼 때만 무언가를 느낀다. 우울증을 지닌 성과주체는 자기 자신에게 무겁게 짓눌린다. 자신에게 지쳐 있다. 이런 주체는 자신으로부터 벗어날 능력을 모두 상실한 채 자기 안에서 자신을 물고 늘어지는데, 이는 역설적이게도 자아를 비우고 공허하게 만든다. 이 주체는 자신에게 붙잡혀 자기 안에 틀어박힌 채, 타인에 대한 모든 관계를 상실한다.

— 한병철, 『타자의 추방』(문학과지성사, 2017)
40~41쪽

이동욱의 소설에 등장하는 인물들은 '성과주체'라는 말로 표현하기에는 어색하다. 그들은 특별한 성과를 위해 내달리는 인물들이 아니다. 하지만 한

병철이 묘사한, 자신 안에 갇힌 인물의 모습은 이동욱의 소설 속 인물들과 많이 닮았다. 기묘하게도 그들은 자신을 자기 안에 가둬 둔 원인에 이상할 만큼 무심하다. 그래서 마치 그것이 삶의 기본 조건이라도 되는 듯 보인다. 이동욱의 소설은 대부분 주인공이 자기 안에 갇힌 상태에서 출발해 자기 자신에 갇힌 상태로 끝을 맺는다. 그 사이 중간중간 밖으로 풀려나오는 순간들이 있기는 하다. 그런데 이는 텅 빈 자아 속으로 무언가가 스며드는 순간이 있다고 말하는 편이 더 정확할지도 모른다. 큰 울림통과 같은 인물들은 소리나 이미지 들을 자기 안으로 쓸어 담으며 잠시 잠깐 이상한 감각 속에 빠져든다.

때로 꿈속에도 비가 내린다. 양철 지붕 위에 내리고, 옥상 장독대 위에 내리고 버려진 구두 안에도 내린다. 듣고 있으면 내게 최면을 걸듯 입을 연다. 잡음은 길고 규칙적이다. 어느새 내 머리 위에도 비가 내려앉는다. 꿈은 거미줄처럼 이어진다. 비는 아주 단순한 선이다. 그 속으로 손을 내민다. 손금을 두드리는 빗줄기. 혈관을 두드리는 빗줄기. 손바닥에 비를 모은다. 둥그렇게 고인다. 입체가 된다.

——「아케이드」, 235쪽

「아케이드」의 주인공이 꾸는 꿈은 그녀와의 만남을 만들어 낸 일종의 부작용이다. 꿈속에 내리는 비의 모양은 단순한 선으로 묘사되어 있지만, 이 선은 규칙적인 이어짐을 통해 어떤 형태를 얻고 입체화된다. 이 과정은 『여우의 빛』에 등장하는 모든 인물들이 누군가와의 만남을 통해 감각을 받아들이고 그 감각들을 통해 모호한 형상을, 혹은 기분을 얻어 내는 과정과 닮아 있다. 달리 말하자면 그것은 인물의 손금을 두드리며 운명을 바꾸고 인물의 혈관을 두드려 몸을 바꾸어 내는 과정이다. 텅 빈 자아는 이 두드림과 열림을 통해 순간적으로 충만한 자아로 변화하는 듯한 모습을 보이는데, 이 변화는 불면에 시달리던 인물이 수면에 이르는 모습으로 그려지기도 한다.

그런데 잠으로부터 이어진 꿈의 세계는 충만함을 빚어내기만 하는 것은 아니다. 반대로 꿈은 잠재된 상처를 되살리는 입구의 역할을 한다. 이동욱의 소설에서 반복되는 이야기의 구조를 추출한다면, 자기 안에 갇힌 사람이 누군가를 만나 깊이 숨어 있던 상처를 발견하게 되는 도식이라고 말할 수 있다. 상처를 받을지 뻔히 알면서도 그 상처 속으로 서서히 걸어 들어가는 사람과 그 사람의 행위와 무관하게 자신만의 운행을 이어나가는 세상의 구도. 이동욱의 소설이 절망을 구체화하는 기교라면, 특이하게도 이 기교는 대부분의 절망이 그러하듯 움츠러든 현재의 시점에서 과거와 미래라는 시간적 흐름을 잊게 하는 방식이 아니라, 과거를 새롭게 가동시켜 절망의 깊이를 더하는 방식으로 작동한다. 기교가 형상화한 절망은 관념적인 평면이 아니라 구체적인 입체인 셈이다.

누구에게나 숨겨진 삶의 관절이 있다

나는 요즘 뼈를 만져 보는 습관이 생겼다. 단단한 뼈를 만지고 있으면 마음이 편안해진다. 내 말을 듣고 그는 자신의 팔꿈치를 쓰다듬었다. 하지만 정작 뼈와 뼈 사이에 있는 관절은 만질 수 없다. 존재하지만 실감할 수 없는 그 공간이 내 몸을 움직이게 한다.

이동욱의 소설이 묘사하는 섬세한 감각들이 그
의 소설의 단단한 뼈를 구성한다는 말은 이미 했
다. 그렇다면 감각의 뼈대를 이어 붙이면서 그가
도달하고자 하는 영역은 어디인가, 혹은 무엇인가.
절망을 입체화하며 깊이를 만드는 방법이라는 분
석을 넘어 더해야 하는 이야기는 감각적인 이미지
를 펼쳐 내는 그의 소설이 최종 목적으로 삼는 것
이 바로 이미지와 이미지 사이라는 점이다. 감각의
전개는 감각의 이음새를 노출시키며 바로 그 이음
새야말로 감각을 추동하는 동력의 기원이라고도
볼 수 있기 때문이다.

저 인용문의 구절을 빌리자면 이동욱이 목표점
으로 삼는 것은 '관절'이다. 존재하지만 실감할 수
없는 공간, 그렇지만 그 존재로 인해 어떤 운동과
변화가 가능해지는 바로 그 지점. 어쩌면 작가는
이런 말이 하고 싶었을지 모른다. '누구에게나 숨
겨진 삶의 관절이 있다, 그리고 그것이 당신의 삶
을 움직인다.' 기억력이 좋은 독자라면 앞서 이미지
와 이미지 사이에서 사라지는 매개자로서의 작가

에 대해 살짝 이야기했다는 사실을 알고 있을 것이다. 그런데 이때 '작가'라는 명칭은 일종의 가주어라고 보는 것이 좋겠다. 감각을 이어 붙이는 기술은 가시적으로 작가의 것이 맞지만, 작가의 이름을 빌려 작용하는 더 큰 무언가가 존재할 수 있기 때문이다.

사실 이동욱의 소설 속 인물들이 자기 안에 갇힌 상태를 유지하는 현상 역시도 자신의 주위에서 벌어지는 사태들과 관련한 감각적인 이미지를 관장하는 더 큰 무언가의 존재감을 알기에 빚어진 형상인지도 모른다. 이는 한 개인의 삶에 작용하는 운명과도 같은 신비의 힘에 대해 소설의 인물들이 예민하다는 말이기도 하다. 그들은 어쩌면 삶의 우연성과 폭력성에 지친 인물들로 볼 수도 있을까. 혹은 그런 점을 이미 잘 알고 있기에 그것을 수용하고 유희하는 인물들로 볼 수 있을까. 답은 저 두 질문들 사이에 있는지도 모른다. 그들은 한편으로는 삶의 우연성과 폭력성에 지친 모습을 보이면서 또 한편으로는 그것들을 유희한다. 그것이 바로 삶의 기술임을 이동욱의 소설 속 인물들은 잘 알고 있다.

대기권을 돌파한 우주선은 미련 없이 연료통을 버린다. 마찰이 없는 무중력 공간으로 진입한다. 그렇게, 남자는, 어떤 간섭도 받고 싶지 않았다. 공룡이 멸종한 이유도 지구의 환경이 자꾸만 그들을 간섭한 것 때문이 아닐까. 혹은 그들이 너무 단단했기 때문에. 연약한 것은 결코 멸망하지 않으리라. 감았던 눈을 뜨며 남자는 다짐했다.

—「애플 시드」, 88쪽

이동욱이 소설의 언어들로 감각적인 이미지를 가시화하는 작업은 보이는 것들 너머에서 그것들을 지탱하는 보이지 않는 것들을 발굴하기 위한 작업이다. 그리고 그 보이지 않는 것들은 다름 아닌 삶의 우연성과 폭력성이라고 정리할 수 있다. 모순적인 말이지만 삶은 대부분 우연적으로 작동하는 듯 보이나 그것이 나에게 운명과도 같은 사건을 제공하는 순간에는 기막히게 논리적인 사실로 다가온다. 이것이야말로 삶이 지닌 가장 커다란 위력이라고 할 수 있다. 그렇다면 이를 기술적으로 상대화하기란 불가능한 일인가. 이동욱은 대기권을 돌파한 우주선이 그러하듯 인물들의 능동적 삶의 동력을 가차 없이 제거하고 무한한 우주 속으로 인물을 밀어 넣는다. 그리고 그 우주에서 가장 연약하게 살아남는 방식의 인물을 구현한다. 마치 당구대 위에 놓인 당구공처럼 어디선가 힘이 가해져 오면 그 힘에 떠밀려 삶의 방향을 움직이는 방식으로 말이다. 이를 모든 주체성을 상실한 현실의 인물로 생각하는 일은 착각이다. 그보다는 한 고독한 인간을 둘러싼 세계의 위력과 그에 따른 힘의 작용을 가시화함으로써 우연적 삶에 내재한 비밀스러운 패턴을 들추어내려는 작가의 전략으로 바라보아야 할 것이다.

단단히 잠긴 문 앞에 앉아 자물쇠의 구멍 속으로 꼬챙이를 밀어 넣는다. 신경이 몰려들어 전류처럼 손끝을 타고 꼬챙이로 전해진다. 느슨하던 근육이 팽팽해진다. (……) 눈을 감고 꼬챙이 끝으로 전해지는 느낌을 머릿속으로 그린다. 수많은 도형들이 빠르게 지나간다. 그중에서 내가 찾는 모양을 끌어당긴다. 꼬챙이 끝으로 열쇠가 닿을 부분을 하나씩 건드린다. 이를테면 자물쇠에게 열쇠의 환영을 보여 주는 것이다.

—「로커룸」, 127쪽

인용한 구절은 「로커룸」에서 열쇠공인 주인공이 잠긴 문을 따는 과정을 묘사한 부분이다. 세밀한 묘사도 묘사지만 특히나 흥미를 끄는 것은 맨 마지막 서술이다. 자물쇠에게 열쇠의 환영을 보여 준다는 표현! 자물쇠의 홈과 정확히 맞아 떨어지는 도형을 지닌 열쇠가 아니라 상상의 도형을 이미지화한 움직임이 열쇠가 되는 이 상황을 이동욱의 소설에 적용하는 말로 바꿀 수도 있겠다. 즉 이동욱의 소설은 현실을 모방해서 그려 낸 이야기로 읽기보다는 어떤 환영을 현실에 덧씌워 비가시적인 현실의 중핵을 감각화한 작품으로 읽어 내는 편이 좋을 것이다. '여우의 빛'은 빛의 장막이라고도 불리는 오로라에 대한 표현이다. 어쩌면 이 소설집의 페이지 하나하나가 독자들에게 황홀하고 눈부신 빛의 잔영들을 펼쳐 보일지도 모르겠다. 그 빛이 당신만이 지닌 어떤 장막 너머의 무언가를 비춰주기를!

이동욱

1978년 포항 출생. 2007년 《서울신문》 신춘문예에 시 「연금술사의 수업시대」가, 2009년 《동아일보》 신춘문예에 단편소설 「여우의 빛」이 당선되며 등단했다.

여우의 빛

1판 1쇄 펴냄 2019년 2월 28일
1판 2쇄 펴냄 2022년 4월 1일

지은이 이동욱
발행인 박근섭, 박상준
펴낸곳 (주)민음사

출판등록 1966. 5. 19. (제16-490호)
서울특별시 강남구 도산대로1길 62(신사동) 강남출판문화센터 5층
대표전화 02-515-2000 팩시밀리 02-515-2007
www.minumsa.com
ⓒ 이동욱, 2019. Printed in Seoul, Korea
ISBN 978-89-374-3969-8 03810

* 이 책은 예버덩문학의 집과 토지문화관에서 집필하였음을 밝힙니다.
* 잘못 만들어진 책은 구입처에서 교환해 드립니다.